青《ハル》がやってきた

まはら三桃 作
田中寛崇 絵

偕成社

もくじ

鹿児島
（かごしま）
7

福岡
（ふくおか）
43

山口
（やまぐち）
75

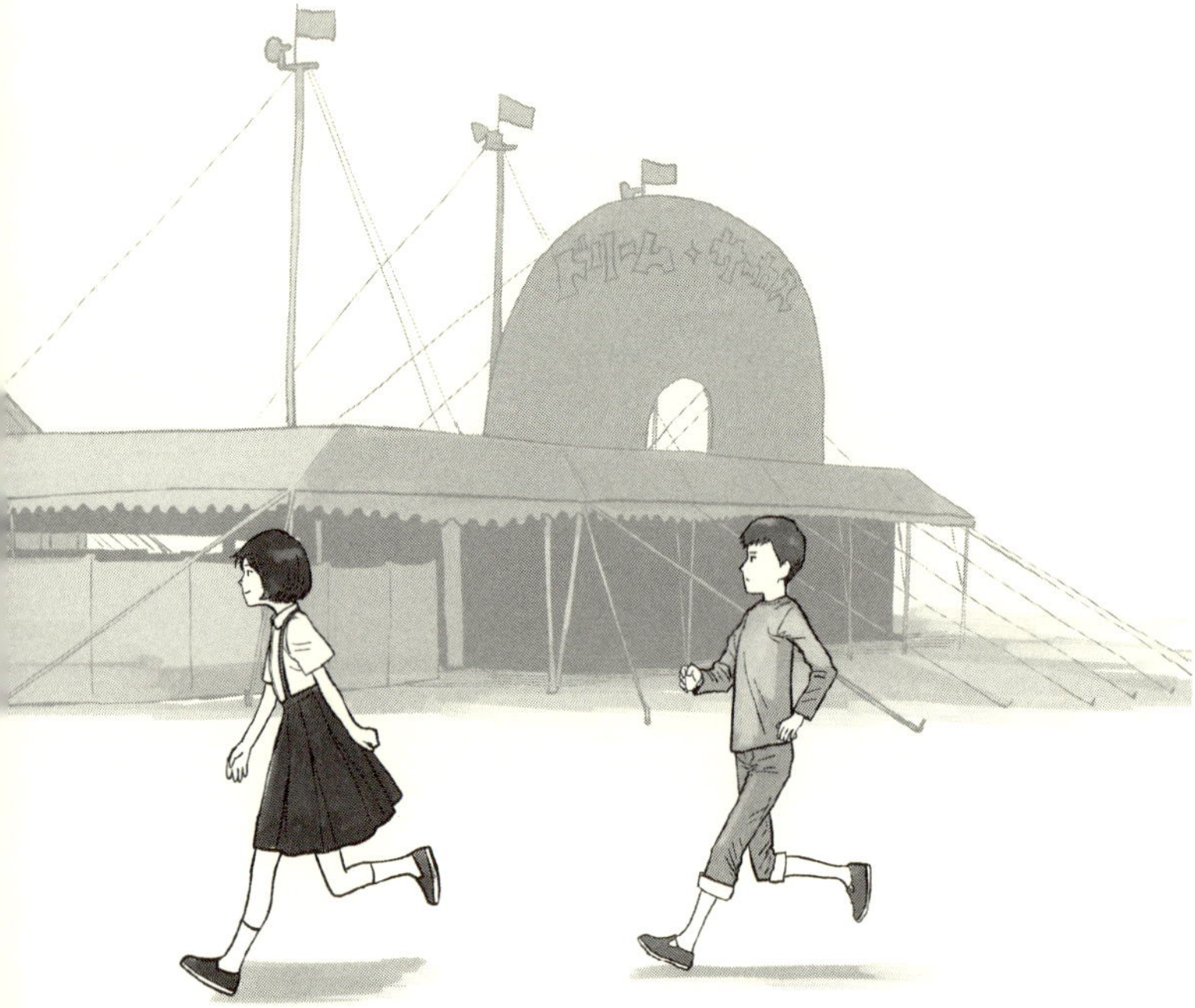

装丁　中嶋香織

鹿児島
かごしま

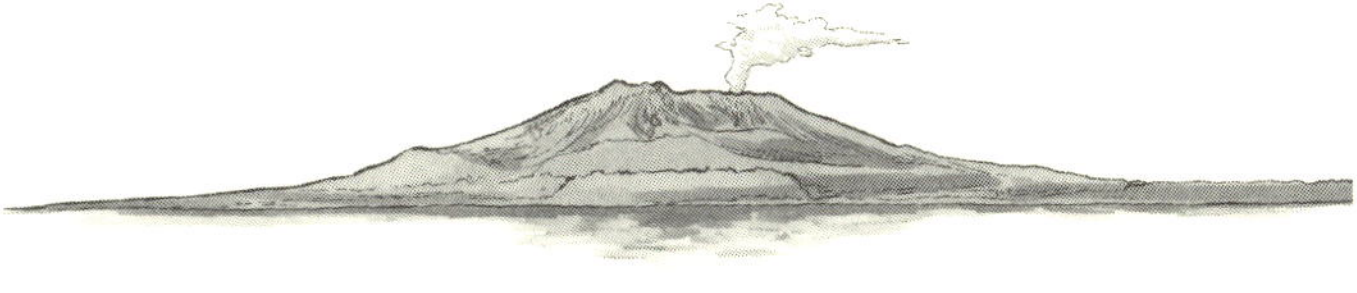

「いたたっ。」

朝の通学路で、盛田美央《もりたみお》は思わず目をとじた。火山灰《かざんばい》が入ったのだ。桜島《さくらじま》の火山灰。海むこうにある桜島は活火山《かっかざん》で、ときおり噴火《ふんか》しては火山灰をまきちらす。夏になると、その火山灰が風にのって、美央の住む街《まち》にやってくる。

美央は立ちどまり、ハンカチをだして、両目をごしごしとこすった。涙《なみだ》が灰を流して、痛《いた》みはおさまったが、

「あれ？」

こんどは、ひらいた目がまるくなった。目の前に大きなポスターがあらわれたのだ。まさに、あらわれたという感じ。さっきまではぜんぜん気がつかなかった。

ポスターは、通りむこうの家のへいに貼《は》ってあった。そこを曲《ま》がれば、小学校というところ。

「こんなのあったっけ？」

美央はすいよせられるように、ポスターに近づいた。

〃ドリーム・サーカス〃。

そう大きく書いてある。ポスターには、空中ブランコや綱《つな》わたり、ピエロや動物たちの写真がちりばめられていて、その真ん中には、英国紳士《えいこくしんし》みたいな服を着た男の人が、白い犬をだいて立っていた。

「さあ、どうぞ。」

と、招《まね》きいれるみたいに片手《かたて》をあげて。

「〃マジックを超《こ》えた魔法《まほう》をあなたに〃。」

美央《みお》は、ポスターに書かれていた文字を読んでみた。

サーカスがくるんだ。

ちょっと胸《むね》がはずんだとき、

「美央ちゃん。」

名前をよばれて、ぎくりと背中《せなか》がのびた。おそるおそるふりかえってみる。

わっ。

美央はあげそうになった声を、すばやくのみこんだ。やっぱりめぐちゃんだった。同じクラスの吉崎《よしざき》めぐちゃん。

「美央《みお》ちゃん、つづり持ってきた?」

「え、あ、ああ。」

つめよられて、美央はたじたじと後ずさった。

めぐちゃんがいっているのは、テストつづりのことだ。美央のクラスでは、かえってきたテストを、厚紙《あつがみ》のファイルにとじていくことになっている。厚紙には、印鑑《いんかん》をおすためのマス目がプリントしてあって、家の人から「見ました」の印鑑をもらうことになっている。

めぐちゃんは、つづりをあつめる係《かかり》なのだ。

「よく忘《わす》れるからこまるんだよね。」

めぐちゃんは、太い声でいった。それでなくてもめぐちゃんは体が大きいので、美央は二倍に責《せ》められているような気持ちになった。登校していく人たちが、ちらちらと視《し》線《せん》をよこすのもはずかしい。

心臓《しんぞう》がおかしなふうにうちはじめて、

「たぶん持ってきた、と、思う。」

美央《みお》は、いい加減《かげん》に返事《へんじ》をした。逃《に》げるようにその場を後にする。

どうしよう。

めぐちゃんに追いつかれないように小走《こばし》りしながら、美央は背中《せなか》のランドセルがずんと重たくなるのを感じていた。たぶん、つづりのせいだ。ランドセルの中に入っているテストつづりには、「見ました」の印鑑《いんかん》がない。

四十三点。

きのうかえってきた算数のテストはさんざんだった。平均点《へいきんてん》より三十点も下だ。こんな点数をお母さんに見せたら。その先は、考えただけで、胃袋《いぶくろ》の裏側《うらがわ》あたりが重たくなった。重たいおなかをなでているうちに、きょうになってしまったのだった。

算数は低学年《ていがくねん》のころから苦手《にがて》だったが、このところ、とくにむずかしくなっている。算数だけではない、教わる漢字の画数《かくすう》は増《ふ》えたし、五年生になって社会科や理科の教科書も、ぶあつくなった。このところ、かえってきたテストを見せるたびに、

「美央はちゃんと中学生になれるかねえ。」

お母さんは、ため息まじりの声でいう。だから美央《みお》は、自分でも心配《しんぱい》になってしまう。

教室でテストつづりを集めるとき、忘《わす》れたことをいうと、めぐちゃんは「やっぱりね」というように、首をすくめた。けれど、強く注意されることはなかった。ほかにも忘れた人がいたし、なにより同じクラスの亜美《あみ》ちゃんが、いいニュースをもってきたからだ。

「きょうは体育館をつかえるんだって。」

亜美ちゃんは、六年生からきいてきたみたいだった。

美央の学校では、五年生になるとクラブ活動の時間がはじまる。美央はバレーボールクラブに入っているのだが、体育館をつかえる日は少ない。ミニバスケットや卓球《たっきゅう》や、体操《たいそう》クラブなど、体育館をつかうクラブがたくさんあって、順番《じゅんばん》がなかなかまわってこないからだ。

つかえないときには、運動場のはじっこにあるコートで練習するのだけれど、火山灰《かざんばい》が目に入ったり、ボールや服についてよごれたりして、やりにくい。体育館のほうが、だんぜん調子《ちょうし》が出る。

「やったあ。」

だから亜美《あみ》ちゃんからの情報《じょうほう》に、美央《みお》もジャンプしてよろこんだ。

美央はバレーボールが好《す》きだった。最初《さいしょ》は自信《じしん》がなかったものの、やってみると案外《あんがい》じょうずにできた。サーブはちゃんと相手《あいて》コートまでとどくし、このあいだ、はじめてしてみたスパイクもうまくきまった。相手チームにいためぐちゃんがはじいてしまい、くやしがっていた。

頭のなかにバレーボールのことがふくらんだ分《ぶん》、つづりのことが小さくしぼんだのか、美央の気分は楽になった。


六時間目のクラブの時間、美央は体操服《たいそうふく》の入った袋《ふくろ》を持って、体育館に走っていった。

準備体操《じゅんびたいそう》をしたあと、コートに入る。思いがけない体育館練習とあって、みんなはりきっていた。もちろん、美央もだ。早くボールをうちたくてしかたがない。

美央は、はやる心をおさえるように、かるくジャンプをして、腕《うで》をふりおろした。

スパイク！

心の中で思わずさけぶ。

美央《みお》の胸《むね》がどくんと大きくうったのは、着地したときだった。相手コートのめぐちゃんがこっちを見ていたからだ。

なんだか意味のあるような目。

「お母さんにいったからね」ってきこえてきそうな目。

きゅっと胸がしめつけられたみたいになったとき、相手からのサーブが美央の目の前にとんできた。あわてて手を出したものの間《ま》にあわず、うけそこなったボールはコートの外にとんでいった。

「いえーい。」

ネットのむこうから、めぐちゃんがよろこぶ声がした。

それからもさんざんだった。入ってきたサーブをことごとくはじいたばかりか、せっかくあげてもらったボールも、コートの外にとばしてしまった。自分のサーブも入らなかった。きわめつけは、めぐちゃんのうったスパイクを顔でうけたことだ。運《うん》よく相手コートにおちたけれど、大爆笑《だいばくしょう》になってしまった。

　こんなことでは、レギュラーになれんかも。

　帰り道。ひとりで歩きながら、美央《みお》はため息をついた。

　夏休み前に、バレーの区内《くない》大会がある。五年生でもレギュラーにえらばれることがあって、美央はひそかに期待《きたい》をもっていたのだ。

　でも……。

　美央はみけんをなでた。顔面《がんめん》でうけたボールのあとはもう痛《いた》くないが、家が近づくごとに、まゆのあいだに力が入ってきている。理由《りゆう》はわかっている。ランドセルのせいだった。バレーボールがじょうずにできなかったことよりも、重大な事態《じたい》を、美央は背中《せなか》にしょっているのだ。

「お母さんにいったからね。」

　耳の奥《おく》で、めぐちゃんの声がするようだ。きょうはもう、逃《に》げられない。自分がいいだす前に、テストのことをお母さんからきかれるはずだ。

美央《みお》のお母さんは、めぐちゃんのお母さんと、同じスーパーで働《はたら》いているからだ。

「美央、テストかえってきたんでしょう。」

あんのじょうだった。

仕事から帰ってきたお母さんは、テーブルに「よいしょ」と買《か》い物袋《ものぶくろ》をのせてから、美央のほうを見た。たっぷりと湿《しめ》り気《け》をふくんだ声で、美央は全身に力を入れた。

「吉崎《よしざき》さんにきかれてわかんなかったから、お母さん、はずかしかったわ。」

お母さんが標準語《ひょうじゅんご》で話すときは、そうとう機嫌《きげん》がわるいときだ。

たしかにめぐちゃんは、クラスでも勉強ができるほうだ。美央の担任《たんにん》の先生は、テストをかえすたび、九十点以上《いじょう》の人を発表するが、名前をよくよばれている。

「こんどのテストの平均点《へいきんてん》は、七十三点だったんですってね。そのくらいの平均点が出るのは、先生の教え方がじょうずな証拠《しょうこ》だって吉崎さんがいってたわ。上野《うえの》先生は、なかなか優秀《ゆうしゅう》だって。若《わか》い男の先生なのに、細かい指導《しどう》がゆきとどいているって。」

トマト、きゅうり、おくら、きびなごのおさしみ……。

買《か》い物袋《ものぶくろ》から、中身をとりだす手つきが、どんどんあらくなって、美央《みお》の胸《むね》の鼓動《こどう》もはげしくなった。たしかに上野《うえの》先生は熱心《ねっしん》だ。お母さんにはいってないけれど、美央はよく居残《いのこ》り学習をさせられる。

逃《に》げ場《ば》をさがすように、視線《しせん》をおよがせた窓《まど》のむこうでは、桜島《さくらじま》がもくもくと煙《けむり》をはいていた。

つぎの日の朝。テストつづりを出した。ちょっぴりすっきりした気分でまっていると、チャイムがなって、上野先生が見知らぬ男の子をつれて教室に入ってきた。

「おおっ。」

「転校生《てんこうせい》？」

季節《きせつ》はずれの転校生に、教室はいっきにざわめいた。

男の子は、あまり身長は高くないが、ぱっと目をひくような子だった。目鼻立《めはなだ》ちがくっきりしている上に、髪《かみ》はツンツンと上にさかだっている。なによりめだつのは、花柄《はながら》のシャツにぼろぼろのダメージジーンズをはいているからだ。

美央《みお》の小学校には、標準服《ひょうじゅんふく》といわれる通学用の服があって、みんな同じ服装《ふくそう》をしている。男子は白いカッターシャツに紺色《こんいろ》の半ズボン、女子は、白い丸えりのブラウスに、プリーツが入った、紺色のつりスカート。紺と白の二色の教室で、男の子のピンクの花《はな》柄《がら》はとてもめだった。

「なんかかっこいいね。」

「都会《とかい》っぽいが。」

女子たちのささやき声がきこえる。

「きょうは、転校生《てんこうせい》を紹介《しょうかい》します。」

わーっと教室がざわめくなか、先生が黒板に転校生の名前を書きはじめた。

鈴木　青

すずきあお？

そのまま読んで美央が首をひねっていると、

「読み方は自分で書いてください。」

上野先生は、チョークを男の子にわたした。男の子はチョークをうけとって、黒板に

鈴木 青

読みがなを書いた。その名前を見て、みんなはちょっとびっくりしたような声をあげた。そこには、

スズキ　ハル

と大きく書かれていたからだ。〝青〟を〝ハル〟と読むなんて、美央《みお》もはじめて知ったのだが、そんなことは序《じょ》の口《くち》で、ほんとうにおどろくことが、それからつぎつぎにおこった。

「おれの名前はスズキハルなのである。青空の春の日に生まれたのだ。」

男の子は、いかつい言葉づかいで自分の名前をいったあと、

「よろしくどーん！」

とさけんで、両方の手から青いテープをぱーんと投げたのだ。目くらましに忍者《にんじゃ》が投《な》げる、クモの糸みたいなテープがひろがって、美央自身も一瞬《いっしゅん》なにがおこったかわからなかったが、ひとりの男子が、

「わっぜだー。」

とおどろきの声をあげたのを合図《あいず》に、

「わーっ。」

と教室はわきたった。美央《みお》もつい大きな声をあげてしまった。

「えー、しずかに。」

めんくらっていた先生が、あわててみんなを制《せい》す。

「鈴木《すずき》くんは、きょうから夏休みをはさんで三か月しか鹿児島《かごしま》にはいません。だから、みんなと勉強するのは、二か月くらいになりますが、よろしく。」

大きな声でいっていたみたいだけど、みんなのほうは、それどころではなかった。

「やべー。」

「すげー。」

われもわれもとテープをひろおうと、席《せき》を立った。けれども、手をのばしたとたん、

「あれ?」

「消えた!」

こんどはテープが消えてしまったのだから。教室をおおうほどにひろがっていたテープは、もうどこにもなかった。

どうなってるの？

美央《みお》は丸くなった目で見ると、ハルくんは、そんなみんなを満足《まんぞく》そうに見まわしていた。


ようやくしずかになって、ハルくんは、先生の机《つくえ》の前の席《せき》についた。ようすがよくわかるように、転校生《てんこうせい》はみんなそこにすわることになっている。そこは、美央の席のとなりだ。

六月のはじめにあった席がえで、美央は窓《まど》ぎわのいちばん前の席になっていたので、ハルくんはとなりにすわることになった。


「盛田《もりた》さん、教科書が準備《じゅんび》できるまで、見せてあげてください。」

「はい。」

上野《うえの》先生がいうのに、美央はうなずいて机をくっつけた。真ん中に教科書をひらく。

一時間目はよりによって、大《だい》の苦手《にがて》の算数だ。美央は教科書のわきに出したノートを、ささっとめくって新しいところを出した。バツばかりがついた練習問題を、見られたくはなかった。

「はい。では、きょうも小数《しょうすう》の割《わ》り算《ざん》の学習をします。」

先生がいっただけで、美央《みお》の胸《むね》はどきどきしてきた。苦手《にがて》な算数の中でも、割り算はとくに苦手だ。少ない数できちんと割りきれる計算ならまだなんとかなるが、大きな数の筆算《ひっさん》になると、割られる数と割る数を、記号《きごう》のどっちに書いていいのかすらときどき迷《まよ》う。なのに小数点までつくとは。

思っただけで、美央の頭の中は、点々《てんてん》でいっぱいになってしまう。

「じゃあ、一番の問題を読んでください。えーっと、吉崎《よしざき》さん。」

先生から指名《しめい》されためぐちゃんが、

「はい。」

教科書を持って立ちあがった。大きな声で、問題を読みはじめた。

「リボン二・四メートルの代金は九十六円です……。」

めぐちゃんが読んでいるあいだも、美央の鼓動《こどう》はおさまることがなかった。

あてられたらどうしよう。

心の中にはそれしかない。手をあげなくても、上野《うえの》先生はときどきあてることがあるのだ。そんなときの上野先生は、とてもていねいに、かんたんなところからきいてくるけど、美央《みお》にとってはそれもはずかしい。あんまりかんたんな質問《しつもん》をされるのはいやだ。かといって、むずかしいことは答えられないし……。そうしたら、となりの転校生《てんこうせい》はなんて思うだろうか。

ごちゃごちゃといろんな思いを頭にめぐらせているうちに、めぐちゃんは問題を読みおわっていて、たくさんの手があがっていた。すでに答えがわかった人が、たくさんいるみたいだった。

美央はあわてて問題を読みなおしてみた。めぐちゃんの声だって、まるで耳に入っていなかったから、質問なんかわかるはずもない。

教科書には、二本のリボンの絵がならんでいて、長いほうは二・四メートル、短いほうは一メートルと書いてあった。そして、二・四メートルのほうに、九十六円と書いてある。きかれているのは、一メートルの値段《ねだん》のようだった。

なにをどうしていいのやら。

でも、とりあえず割《わ》り算《ざん》の単元《たんげん》だ。

二・四わる九十六かな。九十六わる二・四かな。

迷《まよ》っていると、うしろのほうの席《せき》から、男子の声がきこえた。

「答えは、四十円です。」

「正解《せいかい》です。」

それに大合唱《だいがっしょう》のような声が応《おう》じた。

式《しき》も追いつかないうちに、答えが出てしまったようだ。美央《みお》はあせったけれど、どこかほっとした気分にもなった。とりあえず、はずかしい思いをするというピンチからは逃《のが》れられた。

と、

「高いのである。」

ふいにとなりで声がした。見ると、ハルくんが口をとがらせている。ぶぜんとした表《ひょう》情《じょう》だ。

「どうした？　鈴木《すずき》さん。なにか気になりますか？」

上野《うえの》先生も気がついたらしく、そうたずねると、ハルくんは口をとがらせたままでいった。

「リボンなんか一メートル四十円もしないのである。業務用《ぎょうむよう》ならせいぜい一メートル三十円くらいなものである。」

先生は一瞬《いっしゅん》、きょとんとしたが、教室もしずまりかえってしまった。

「そうなの？　鈴木《すずき》さん、よく知ってるね。」

先生が感心《かんしん》したようにいうと、ハルくんは自慢《じまん》そうに胸《むね》をそらせた。

いきなり不思議《ふしぎ》なテープを出す。リボンの値段《ねだん》にくわしい。二か月ちょっとしか学校にこない。

やってきた転校生《てんこうせい》は、なぞばかりだった。

そのなぞをといたのは、めぐちゃんだった。

「鈴木くんのお父さんって、〝ドリーム・サーカス〟のマジシャンなんだって。」

つぎの日に教えてくれたのだ。

〝ドリーム・サーカス〟？

見おぼえのある文字が美央《みお》の頭にうかんだ。学校へくるとき、毎日見ているポスターだ。

「だからあんな紙テープもっとるんだね。すぐに消えたからびっくりしたけど、手品《てじな》のテープやったんだが。」

亜美《あみ》ちゃんが納得《なっとく》し、

「リボンも手品につかうんだね。」

美央も、リボンの値段《ねだん》にこだわっていたわけがわかった。

そういえば、六月三十日から九月二十九日までって書いてあったっけ。

おまけに三つ目のなぞである、ハルくんが九月末《まつ》までしかこの学校にこないわけもわかった。

三日前にポスターを発見してから、美央は毎朝ポスターをながめている。本物のサーカスなんか見たことがないから、つい視線《しせん》をそそいでしまうのだ。おかげで書いてあることは、すっかりおぼえていた。〝ドリーム・サーカス〟は、駅裏《えきうら》のあき地《ち》の大きな白いテントが目じるし。前売《まえう》り券《けん》は、お近くのコンビニでも買える。お得《とく》なファミリーチケットがおすすめ。

こまかな情報《じょうほう》を思いだしていると、

「お母さんからきいたんだけどさ。」

めぐちゃんが声をひそめた。まゆ毛をよせている。

「あの子、ずっとサーカス団《だん》についてまわっとるらしいよ。だから、小学校ももう、数えきれないくらい変《か》わっとるんだって。」

「すっごー。いろんなところに行けていいなあ。」

亜美《あみ》ちゃんは声をはずませたけど、めぐちゃんのまゆはよったままだった。

「でもそれじゃあ、勉強なんかちゃんとできないわよねえ。」

まるでおばさんみたいに、手で空気をたたいて、ちらっと横目《よこめ》で見た。視線《しせん》の先には
ハルくんがいて、男子にとりかこまれていた。

「ハトだしてよ。」

「バラだしてよ。」

「この机《つくえ》消《け》してよ。」

事情《じじょう》を知ったらしい男子たちは、手品《てじな》のリクエストをしているようだ。

そのようすを見ているうちに、美央《みお》はだんだん気分が重くなっていた。つぎの授業《じゅぎょう》は算数だということを思いだしたのだ。しかも、

「あしたは、小数《しょうすう》の割《わ》り算《ざん》の豆《まめ》テストをします。」

きのう、先生がそういっていた。

できるものなら美央は、これからはじまる三時間目をまるごと消してほしかった。ちょっとくらいなら自分が消えてもいい。

が、そんなねがいがかなうわけもなく、無事《ぶじ》に算数の豆テストがはじまってしまった。まるで、できなかった。問題は計算が四問と、文章題《ぶんしょうだい》が一問だけだったが、テスト、というだけでドキドキしてしまい、あせっているうちにおわってしまったのだ。

「はーい。では、となりの人と交換《こうかん》してください。」

先生はいって、美央はびくんと肩《かた》をふるわせた。こんなにできなかったテストをだれかに見られるのは、はずかしい。

「ほら。」

けれどもハルくんのほうは、平気《へいき》な顔で用紙《ようし》をさしだしたので、おずおずと美央《みお》もわたした。

先生が読みあげる答えにあわせて、丸つけをはじめる。

あらら？

平気な顔をしていたわりには、ハルくんの解答用紙《かいとうようし》には、バツばかりがつづいた。それもそのはずで、すべての答えは整数《せいすう》になっている。小数の割《わ》り算《ざん》の問題では、ありえない答えだ。

「約《やく》をつけといたから、だいたい正解《せいかい》なのである。」

ハルくんはそんなことをいったけど、丸はつけられない。

一点。

結局《けっきょく》、文章題《ぶんしょうだい》の式《しき》のほかは、みんなバツがついてしまったテストをハルくんにかえすと、

「同じであるな。」

むこうからもかえってきた。

一点。

美央《みお》のほうは、最初《さいしょ》の計算問題ができただけだった。

「このテストで正解《せいかい》が三問以下《いか》だった人は、きょう、のこってください。」

上野《うえの》先生がいった。美央は、うちのめされたような気分になった。


「じゃあ、美央ちゃん、がんばってね。」

めぐちゃんは、ちらりと美央を見て、亜美《あみ》ちゃんと帰っていった。

「公園でバレーするが。もうすぐ試合《しあい》やし。」

「がんばったら、レギュラーになれるかもね。」

背中《せなか》ごしに声がきこえて、美央はますますうなだれた。

しばらくして、上野先生が入ってきて、居残《いのこ》り授業《じゅぎょう》がはじまった。豆《まめ》テストのやりなおしだ。

となりでハルくんが、めんどうくさそうにいった。

「あーあ、父さんなら、こんなの魔法《まほう》で一発であるのに。」

「ハルくんのお父さんってマジシャンなんだってね。」

美央《みお》がいうと、ハルくんはちょっと不服《ふふく》そうな顔をした。

「マジシャンではない。うちの父さんは、本物の魔法使《まほうつか》いなのである。」

まじめな顔で左右に首をふる。

「……へえ、そうなんだ。」

美央はすっと目をそらした。失礼《しつれい》になってはいけないけれど、信《しん》じたわけではない。

けれどハルくんは得意《とくい》そうだ。

「ほんとうだ。表《おもて》むきはマジシャンってことになっているけど、本物なのだ。こんなテストなんか、魔法でぱぱっぱである。」

ハルくんは美央の解答用紙《かいとうようし》の上で、鉛筆《えんぴつ》をふった。まるで指揮者《しきしゃ》がタクトをふるみたいだった。

あれ?

美央は思わずまばたきをした。鉛筆の先から、なにかがぱらぱらっと舞《ま》った気がしたのだ。紙テープではない。もっとずっとこまかなもの。桜島《さくらじま》の灰《はい》くらいかもしれない。

なんだろう？

美央《みお》は目をこらしたが、なんにもなかった。首をかしげて、テストにむきなおる。と、つぎの瞬間《しゅんかん》、不思議《ふしぎ》なことがおこった。最後《さいご》の文章問題《ぶんしょうもんだい》の式《しき》が突然《とつぜん》ひらめいたのだ。

〝三・二メートルの棒《ぼう》の重さをはかったら、十六キログラムでした。この棒の一メートルの重さは何グラムでしょう。〟

豆《まめ》テストは時間内にできなかったので、白紙《はくし》だったところだ。

「十六わる三・二だ。」

ぱんっと、はねあがるように思いうかんだ答えをいうと、

「お、すごいじゃないか。」

上野《うえの》先生は、大きく手をうった。

「おちついて考えればわかるんだよ。」

先生はうれしそうにいったけれど、美央はこっそり息をのんだ。

魔法《まほう》だ。

そう思わずにはいられなかった。

やっぱり魔法《まほう》だ。

美央《みお》が確信《かくしん》したのは、その後のことだった。居残《いのこ》り授業《じゅぎょう》をおえて、校門を出ようとすると、ちょうどグラウンドのネットをつかって、六年生がバレーボールをしていた。

「あ、美央ちゃん。」

六年生は美央に気がついて、手まねきをした。

「ひとり足《た》らんのよ。入ってくれる？」

「はーい。」

美央は、ふたつ返事《へんじ》でコートにむかった。あいていたポジションに入った。

とても調子《ちょうし》がよかった。レシーブ、トス、失敗《しっぱい》はない。サービスエースもとった。

「すごいじゃん。」

「五年生のレギュラーは美央ちゃんで決まりだが。」

六年生たちから、口ぐちにいわれ美央は確信《かくしん》をした。

やっぱり魔法《まほう》がかかっとる。

「もう一度、わたしに魔法をかけて。」

美央がハルくんにおねがいしたのは、それから四日後のことだった。ハルくんの魔法がかかった日は、算数もバレーも絶好調《ぜっこうちょう》だったのに、効《き》き目《め》はだんだんうすれていくものらしい。三日もすると、もとどおりになってしまった。算数の時間は、いつあてられるかとひやひやし、あんなにほめられたバレーも、つぎのクラブ活動ではミスを連発《れんぱつ》した。そのかわり、めぐちゃんの調子《ちょうし》がよくて、レギュラーはもっていかれそうだ。このままではまずい。

「魔法？」

深刻《しんこく》な顔をしてたのむ美央に、ハルくんはまゆをよせた。

「そう。居残《いのこ》りのときに、ハルくんがかけてくれたやつだが。ぱぱって。」

「おれ、そんなことしたであるか？」

ハルくんは首をひねったが、美央《みお》のほうは切実《せつじつ》だった。

「したよ。」

これから算数のテストがあるのだ。きのうは、自分なりに勉強もした。これまでやった豆《まめ》テストのやりなおしだ。けれど、やっぱりなかなか正解《せいかい》できなかった。こんなことでは、こんども平均点《へいきんてん》を大きく下まわる。めぐちゃんの点数はいいだろうから、おばさんがお母さんに自慢《じまん》をして、またお母さんの機嫌《きげん》がわるくなる。

考えただけで泣《な》きたくなって、美央は必死《ひっし》でうったえた。

「あのあと、わたし、急に問題がわかったし、バレーもうまくできたんだ。魔法《まほう》にかかったとしか思えんよ。」

ひと思いにいうと、

「ほんとうか？　ほんとうにかかったのであるか？」

ハルくんは、なぜか身をのりだしてきた。つめよられて美央はついあとずさったが、こっくりとうなずいた。

と、ハルくんはこぶしをかためて「やったである」とガッツポーズをつくった。

「練習の成果《せいか》が出てきたようである。」

うれしそうにいいながら、いそいそと鉛筆《えんぴつ》をとりだした。

「よし。かけるのである。」

ハルくんはいって、自分の目をとじた。そして鉛筆を自分の顔の前に立て、なにやらぶつぶつとなえたあと、目をひらいてじいっと美央《みお》の目をのぞきこんだ。だれかにこんなに真剣《しんけん》な顔で見つめられたのははじめてで、美央は体が石になったようになってしまった。ハルくんの黒目は大きい。見ていると、すいこまれそうなくらい、真っ黒だ。

その真ん中に自分の顔がうつっている。

と、目の前で鉛筆がふられた。

タタンタタターン。

リズムをとっているみたいにかろやかだった。

「かけたのである。」

ハルくんがいい、美央はふっとわれにかえる。

「あ、ありがとう。」

とりあえずお礼《れい》をいうと、

「どうであるか？　なにか変《か》わったか？　どこか変化《へんか》したであるか？」

ハルくんがせきたてるようにたずねてきた。

「そ、そうだね。」

美央《みお》はちょっと答えにつまった。べつになんの変化も感じなかったからだ。けれど、とてもそんなことはいえない。

「そういえば、ちょっとかるくなったかも。」

だからそう答えると、

「よっしゃあ。」

ハルくんはまたガッツポーズをつくった。

「かるくするのは、たいせつな魔法《まほう》なのだ。」

得意《とくい》げに胸《むね》をはる。

「そうなの？」

「ああ。ごちゃごちゃしているところが消えたわけであるからな。消すのは魔法の基本《きほん》なのである。」

質問《しつもん》も、ハルくんのいうこともよくわからなかったが、美央《みお》はだまってきくことにした。

「人間というのは、ごちゃごちゃ考えすぎる生きものなのだ。いつも父さんがいっている。頭の中がごちゃごちゃしていると、できることまでできなくなってしまうのだ。」

「ごちゃごちゃ。」

「そう。盛田《もりた》さんは、たとえば算数の時間に、なにを教わったかおぼえているか？」

「うーん。」

美央はかしげかけた首を小さくふった。

「おぼえてないかも。」

算数の時間は、先生にあてられないようにとか、めぐちゃんに告《つ》げ口《ぐち》されないようにとか考えて、びくびくしている。授業《じゅぎょう》の内容《ないよう》のことなんか、ちっともおぼえていなかった。

「ほんとだ。」

よくよく考えて美央は目を丸くした。まるで自分の心の中をのぞかれたみたいだった。

「うちの父さんは、魔法使《まほうつか》いだからなーんでもわかるのだ。」

ハルくんは自慢《じまん》そうに胸《むね》をはった。

「そういえば。」

美央《みお》はうなずきながら、バレーボールのことも考えてみた。

うまくできなかったときは、めぐちゃんがいたときだ。視線《しせん》を感じただけで、びくついた。おばさんやお母さんの顔が頭の中でぐるぐるまわって、ボールまで怖《こわ》くなった。

反対《はんたい》にうまくできたときは、算数ができたあとだった。先生からもほめられて、気分がよかった。めぐちゃんもいなかったし。

「ごちゃごちゃのせいでできることまでできなくなったら、もったいないである。」

ハルくんはいった。

「そうだね。」

美央はうなずく。算数はもともと苦手《にがて》にしても、得意《とくい》なバレーボールまでできなくなったのは、ごちゃごちゃ考えていて集中力《しゅうちゅうりょく》がなくなったからかもしれない。

算数のせいでバレーの調子《ちょうし》までわるくなるなんて、もったいないどころか、大損《おおぞん》だ。

そう思ったとき、

レギュラーをとりたい。
美央《みお》の、おなかの底《そこ》から熱《あつ》い気持ちがわきあがってきた。
ガラガラガラ。
教室の戸がひらいて、先生が入ってきた。テスト用紙を持っている。
「じゃあ、テストをはじめまーす。いちばん前の人は、うしろにまわしてください。」
美央の前にも人数分のテスト用紙がおかれ、一枚《まい》とって、うしろにまわした。
「では、はじめ。」
先生の声で美央は、おずおずとテスト用紙を見る。
あ。
そのとたん、思わず声を出しそうになった。
だいじょうぶ。ちゃんと、魔法《まほう》がかかっとる。
一問目《もんめ》を見た美央は、にんまりと笑《わら》った。きのうやった問題とおんなじだったからだ。
美央はぎゅっと鉛筆《えんぴつ》をにぎった。

福岡
_{ふくおか}

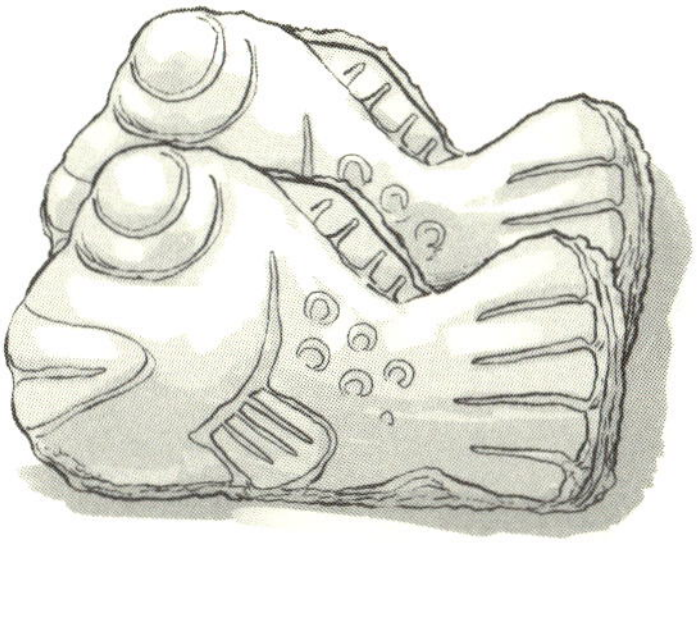

「秋田美人《あきたびじん》、京美人《きょう》、博多美人《はかた》。」

という言葉があるらしい。これを日本の三大美人というのだそうだ。その言葉を長沢真《ながさわま》衣《い》が知ったのは、日曜日。ピアノ教室の発表会《はっぴょうかい》のあとだった。発表会を見にきたパパが、帰りの車の中でこういった。

「真衣といっしょに演奏《えんそう》した子は、色白《いろじろ》で、目鼻立《めはなだ》ちがととのってたな。」

連弾《れんだん》演奏をしたララちゃんのことだ。たしかにララちゃんはかわいい。小学校のクラスもいっしょだが、教室でもめだっている。テレビに出ているアイドルに似《に》ているという人もいる。そんなララちゃんはきょう、紺色《こんいろ》のシックなワンピースを着て、エナメルの靴《くつ》をはいていて、いつもよりももっとかわいかった。のは、真衣もみとめる。しかもララちゃんとはいちばんの友達《ともだち》だ。

でも、自分のパパがそんなことをいうのは、おもしろくなかった。

あんたの娘《むすめ》はだれよ？

という気持ちになる。

もっとも、ママも同じ気持ちだったようだ。

「そりゃあララちゃんのママは、『ミスどんたく』やもん。博多美人《はかたびじん》よ。」

つんつんした声で、話にわってはいってきた。

「博多美人？」

はじめてきく言葉に反応《はんのう》した真衣《まい》に、お母さんはとがった声のまま、教えてくれた。

「そう。博多は昔《むかし》から美人さんが多かけん、そんな言葉があるとよ。博多人形《はかたにんぎょう》みたいに肌《はだ》が白くてすべすべした美人さんのことったい。」

ちなみにほかにも、着物が似合《にあ》う京《きょう》美人とか、東北《とうほく》には秋田《あきた》美人とかいう美人がいるそうだ。

助手席《じょしゅせき》のママは、じとっとした目で運転席《うんてんせき》を見た。

「パパも、ララちゃんママにあいさつされて、鼻の下のばしとんしゃったね。」

「そ、そんなことないよ。」

否定《ひてい》はしたが、パパはあきらかにあせっていた。

「ママだって、博多の人じゃないか。博多美人だよ。」

いいつくろったが、

「それはどうも。」

ママは鼻であしらった。そして、

「だいたいパパったら、きょうは娘《むすめ》のピアノの発表会《はっぴょうかい》でしょ。なに見とったん？」

と抗議《こうぎ》してくれたので、真衣《まい》もちょっとすっきりした。

「そうだ、そうだ。」

声をあげて応援《おうえん》する。ピアノは真衣のほうがずっとうまいのだ。きょうの発表会では、ララちゃんとの連弾曲《れんだんきょく》もあったけれど、ララちゃんはかんたんなほうの伴奏《ばんそう》で、真衣はむずかしいメロディラインをひいた。

するとママはうしろをむいて、

「男の人はみーんな美人《びじん》さんに弱いっちゃんね〜。美人さんは得《とく》よねえ。」

と真衣に同意《どうい》をもとめてきて、これにはちょっと複雑《ふくざつ》な気持ちになった。真衣にはこれまで得をしたという記憶《きおく》がない。ということは、
わたしは美人じゃないっていうこと？

って思ったのだ。

「美人《びじん》さんは得《とく》っちゃんねー。」

ママはしつこく、くりかえしていた。


家に帰って真衣《まい》は、机《つくえ》の上に鏡《かがみ》をおいて、自分の顔をじっくりと見てみた。

目はちょっと小さめ。鼻は正面《しょうめん》から鼻の穴《あな》が見えている。口はふつうかな。大きくも小さくもない。

自分の顔を、こんなに念入《ねんい》りに見るのははじめてだった。

目、鼻、口……。

まえに、「真衣《まい》ちゃんの顔は、点と線だけで描《えが》ける」といわれたことがあるけれど、ララちゃんにくらべると、たしかにどのパーツもすこしずつ小さいと思えた。

これまで、ララちゃんと自分の顔にそんなにひらきがあると思ったことはなかったけれど、よくよく見ると、だいぶちがう。

考えてみれば不思議《ふしぎ》なことだと、真衣はあらためて思う。顔の中におさまっているパーツはみんな同じなのに、その大きさや角度《かくど》や形が、ちょっとちがうだけで、まるでちがう顔になるのだ。

さらにじいっと顔を見てみる。

おでこ、まゆ毛、ほっぺた、あご……。

あんまりじっくり見ていたせいか、自分の顔が知らない人に見えてきて、真衣《まい》は鏡《かがみ》をおいた。

月曜日。一週間のはじまり。朝、いつものようにマンションの前まで行くと、まだララちゃんはいなかった。これもいつものことだ。ララちゃんはのんびりした性格《せいかく》で、準《じゅん》備《び》に時間がかかるらしい。すこしまっていると、

「おはよー。」

おっとりと笑《わら》いながら、ララちゃんが出てきた。

「おっはよー。」

真衣も元気にあいさつをかえし、つれだって学校へむかう。

ララちゃんとは学校の行き帰りだけでなく、もちろん学校でも、休み時間はいっしょに遊ぶ。

真衣《まい》はララちゃんといると楽しいし、ララちゃんのほうもにこにこしている。気があうというのはこういうことだろう。ピアノ教室の帰りに、ムツゴロウ焼《や》きを買うことがあるが、ララちゃんと食べるといっそうおいしく感じる。ムツゴロウ焼きは、中にあんこやチョコやクリームが入ったムツゴロウの形をしたおまんじゅうだ。注文《ちゅうもん》すると、その場で焼いてくれる。ハムエッグが入っているものもある。

学校に行くと、先生が見知らぬ男の子をつれてきた。転校生《てんこうせい》だそうだ。九月三十日、中途半端《ちゅうとはんぱ》な時期《じき》だが、真衣が通う小学校には、一年をとおして転校生が多い。家の人の転勤《てんきん》はもちろん、校区内《こうくない》に家やマンションを買ってくる人や、休みのあいだだけ、アメリカの学校から里帰《さとがえ》りしてきた児童《じどう》が、授業《じゅぎょう》をうけにきたこともあった。だから転校生には慣《な》れている。みんなも、あっさりした目で転校生を見ていた。が、

「おれの名前は、スズキハルである。」

青とかいて、ハルと読む変《か》わった名前の転校生は、自己紹介《じこしょうかい》したとたん、

「よろしくどーん！」

とさけんで、青いテープを手のひらからぱーんと出した。

これにはみんな大興奮《だいこうふん》した。

「ひゃー。」

真衣《まい》も思わずさけんでしまったが、特別《とくべつ》なテープだったらしく、ひろがったとたんに消えてしまった。しかも、さらにつたえられた情報《じょうほう》は、センセーショナルだった。

「鈴木《すずき》くんのお父さんは、〝ドリーム・サーカス〟におつとめなので、鈴木くんもこの学校には二か月半しかいません。」

「わー、〝ドリーム・サーカス〟だって。」

「めっちゃ有名《ゆうめい》だよね。」

「CMで見たよね。」

教室は興奮《こうふん》のるつぼと化《か》した。

〝ドリーム・サーカス〟というのは、世界的《せかいてき》にも有名なサーカス団《だん》だということは、真衣も知っている。アクロバットとイリュージョンをミュージカル仕立《じた》てにした舞台《ぶたい》で、

海外でも大成功《だいせいこう》をおさめたらしい。目玉《めだま》はマジシャンがくりひろげるイリュージョンで、テレビでも
〝マジックを超《こ》えた魔法《まほう》をあなたに〟

と、CMが流れている。

そんな有名《ゆうめい》なサーカス団《だん》の関係者《かんけいしゃ》が学校にやってくるなんて。

それにハルくんは、なかなかおしゃれだった。身長《しんちょう》はあまり高くはないが、ツンツン立っているファンキーな髪形《かみがた》に、白地《しろじ》にピンクの花柄《はながら》のシャツにダメージジーンズという服装《ふくそう》はよく似合《にあ》っている。いけてる都会《とかい》の小学生という雰囲気《ふんいき》だ。顔立《かおだ》ちも派手《はで》で、ぱっと目をひいた。その姿《すがた》さえすでに、エンターテインメントという感じなのに、テープまで出されて真衣《まい》はわくわくした。

が、つぎの瞬間《しゅんかん》、こめかみがぴくんとうごいた。

「じゃあ、鈴木《すずき》くんは大島《おおしま》ララさんのとなりにすわってくださいね。窓《まど》ぎわのいちばんうしろね。」

と、先生がいったからだ。真衣は思わずママの言葉を思いだしてしまった。

『男の人は美人《びじん》さんに弱いっちゃんね。』

ハルくんは指示《しじ》された場所に歩きだしたので、真衣《まい》はさりげなく視線《しせん》で追った。

ほんとうかな。

真衣はハルくんの態度《たいど》を注意ぶかく観察《かんさつ》しようと思った。

「よろしくなのである。」

ララちゃんのとなりまで行くと、ハルくんは元気にあいさつをした。ララちゃんは、かるく会釈《えしゃく》をしてほほえんでいた。

ララちゃんはいつもにもましてかわいく見えた。これが博多美人《はかたびじん》のほほえみだろうか。

あごが引かれ、両方の口のはじがすこしあがっている。上目《うわめ》づかいになったぶん、あまったるい表情《ひょうじょう》に見えないこともない。

ハルくんはうしろ姿《すがた》しか見えなかったので、鼻の下がのびているかどうか、わからなかった。

ハルくんの鼻の下はのびていたにちがいない、と真衣が確信《かくしん》したのは、その日の帰りのことだった。

「これ、ハルくんがくれんしゃった。」

ララちゃんが、手のひらをひらいて見せてくれたのだ。

手のひらには、赤いリボンで作った蝶々《ちょうちょう》がのっていた。

「かわいいー。なにこれ？」

真衣《まい》がたずねると、

「リボンのちょうちょだって。」

「え、くれたの？」

真衣は、声をうわずらせたが、

「うん。」

ララちゃんはなんでもないように、にこっと笑《わら》った。その白い肌《はだ》が夕日をはじいて、いっそう白く見えた。

ほんとに博多人形《はかたにんぎょう》みたい。

「ハルくんのお父さんは、ミスター・ベルっていって、〝ドリーム・サーカス〟でイリュージョンをしとんしゃあとって。」

その情報《じょうほう》には興味《きょうみ》があったものの、それよりも真衣《まい》は、ララちゃんの顔から目がはなせなかった。

おっとりとほほえむララちゃんのほっぺの上では、光の粒《つぶ》がおどっているみたいなのだ。

「じゃあ、またあした。」

ララちゃんは、その笑顔《えがお》のまま自分のマンションのほうに帰っていった。

「美人《びじん》さんは得《とく》っちゃんねー。」

うしろ姿《すがた》を見おくりながら、真衣の耳には、ママの声がよみがえった。

ママのいっていた説《せつ》は、やっぱりほんとうだったらしい。

・男の人は美人さんに弱い。

・美人さんは得だ。

そこに真衣は自分なりの説をひとつ追加《ついか》した。

・得ばかりしているから、美人はどんどん美人になる。

だって、ララちゃんのほほえみには、あんなに余裕《よゆう》がただよっていたではないか。

家に帰った真衣《まい》は、机《つくえ》の上の鏡《かがみ》をのぞきこんだ。

「はあ〜。」

うつしだされた肌《はだ》の色を見て、思わずため息が出た。夏のあいだ、学校のプールに通いつめたせいで、真衣の体には水着のあとがくっきりとついた。それが九月になっても消えていない。当然《とうぜん》顔もまだ黒い。

プールにはララちゃんもいっしょに行ったけど、このちがいはなんだ、という気分になる。ララちゃんにはじかれたおひさまの光を、自分が吸収《きゅうしゅう》してしまったんじゃないだろうか。それとも、美人《びじん》はおひさまの光さえも味方《みかた》につけるのだろうか。いくらなんでもそれはお得《とく》のしすぎではないか。

「なんかずるくない？」

鏡の中の自分にきいてみた。

ずるいね。

鏡の中の自分が答える。考えてみればほんとうにおかしなことだった。そもそも美人に生まれるのもそうでないのも、自分のせいじゃない。なにかのばちならあきらめもつくが、わるいこともしていないのに、損《そん》をするなんて、どう考えても納得《なっとく》できない。ピアノなら、練習すればうまくなるが、顔はどうしようもない。大きくなったらお化粧《けしょう》したり、整形《せいけい》できるかもしれないけれど、それまで損《そん》のしっぱなしなんて！

「ずるか。」

真衣《まい》は立ちあがった。

と、その瞬間《しゅんかん》ひらめいたことがあった。

そうだ。

部屋《へや》を出て、ママのようすをうかがう。ママはちょうど夕《ゆう》ごはんの準備《じゅんび》をしているようだ。キッチンから鼻唄《はなうた》がきこえてきたのをたしかめて、真衣はママのドレッサーの中をさぐった。

あった。

さがしものはすぐみつかった。パックだ。月に一度、「自分へのごほうび」と称《しょう》して、ママがつかっているものだ。「パパには秘密《ひみつ》よ」といっているので、高価《こうか》なものにちがいない。赤と金色《きんいろ》をまぜたようなアルミの袋《ふくろ》に入っていたパックは、いかにも効果《こうか》がありそうだ。

真衣《まい》はそれを一枚《まい》いただいた。


朝おきると、おでこが痛《いた》かった。

なんだろう。

洗面所《せんめんじょ》の鏡《かがみ》でたしかめて、

「わっ。」

真衣は小さく声をあげた。おでこの真ん中に、ぽちっと赤いものができていたのだ。おすと痛い。

ママに見せると、

「ニキビやねー。」

といわれた。

「ニキビ？」

「そう。若《わか》いころはお肌《はだ》のバランスがわるくて、脂分《あぶらぶん》をとりすぎると、ニキビになるとよ。」

「痛《いた》いよ。」

はじめてできたニキビは、むずむずして、いたがゆかった。

「おかしいな。きのうはヘルシー夕食やったっちゃけど。」

ママはしげしげと真衣《まい》のおでこをながめてから首をかしげ、

「チョコかなんか食べた？」

とたずねた。

どきっ。

ママの質問《しつもん》は、真衣のちがう心あたりをズバッとさしたが、

「う、ううん。」

真衣はとっさに首をふった。

「そう。」

さいわいママからの追及《ついきゅう》は、それ以上《いじょう》はつづかず、真衣はひとまずほっとしたが、あのパックが原因《げんいん》なのは、うたがう余地《よち》がなかった。

昨夜《さくや》は、お風呂《ふろ》をあがるとそそくさと部屋《へや》にもどり、ママのパックを貼《は》りつけた。パックには、濃厚《のうこう》な美容液《びようえき》がこってりしみこんでいて、顔に貼るとぬめっとして気持ちがわるかった。鼻と口の部分は穴《あな》があいていたけれど、みょうに苦《くる》しくもあった。しかも鏡《かがみ》にうつった顔は、白いお化《ば》けみたいだった。けれども真衣《まい》はがんばってたえたのだ。美しいお肌《はだ》のために。

その結果《けっか》がニキビって。

全身《ぜんしん》の力が、ひざからぬけるようだったのに、

「おでこは出しておいたほうがいいけんね。」

と、ママに前髪《まえがみ》をピンでとめられて、おでこがむきだしになった。もちろん赤いニキビがまる見えだ。

真衣は、家を出るとそっとピンをはずしたが、それでも気がかりで、前髪をおさえながらマンションを出た。うつむきながら歩いて、ララちゃんのマンションまで行くと、またララちゃんはいなかった。ニキビがむずむずした。

やっとララちゃんは出てきた。

「おはよう。どうしたと?」

おでこをおさえている真衣《まい》を、ララちゃんはのぞきこんだ。

「頭がいたいと?」

その白い肌《はだ》が朝日をはじいていた。産毛《うぶげ》が金色《きんいろ》にひかっていて、朝っぱらからおひさまに、おこづかいでももらったみたいだった。

それにひきかえ、こっちはニキビ。

「べつに。」

だから、真衣はわざと低《ひく》い声でいった。自分でもちょっとびっくりするくらい、意地《いじ》悪《わる》な声が出たけれど、真衣はそれをかくすようにずんずん歩いた。

「真衣ちゃんまって。どうしたと?」

追いかけてくるララちゃんを、ふりきるように学校へ急いだ。いっしょにいるとあんなに楽しかったのに、きょうはなんだか顔を見たくなかった。

ララちゃんとは、口きかん。

学校へ行っても、真衣はララちゃんとは口をきかなかった。不思議《ふしぎ》なもので、口をきかないことを決めたら、ララちゃんのわるいところばかりが思いだされた。

いつも人をまたせるし、ピアノの練習もさぼりがち。発表会《はっぴょうかい》の練習のときも、ララちゃんが練習をしないから、レッスンがなかなかはかどらなかった。

そんなことが、つぎつぎに思いだされて、真衣《まい》はララちゃんを無視《むし》しつづけた。

わるいのはララちゃんだから当然《とうぜん》だ。

話しかけられても返事《へんじ》をせず、いつもはいっしょに行くトイレにも、ひとりで行き、休み時間は、教室にあるオルガンをひいてすごした。発表会のときに高校生がひいていた「子犬のワルツ」だ。スコアは持ってないけれど、耳コピで再現《さいげん》してみた。たどたどしくはあるけれど、案外《あんがい》うまくひけた。

「うまいであるな。」

と、男子の声がした。真衣がオルガンをひくと、人があつまってくることはよくあるが、男子の声はめずらしくて顔をあげると、ハルくんだった。

「ショパンの子犬のワルツである。」

「よく知っとるね。」

子犬のワルツは有名《ゆうめい》な曲だけど、作曲者を知っている人は多くない。意外《いがい》な気持ちで見たハルくんは答えた。

「父さんがショーのときにつかう曲なのだ。」

誇《ほこ》らしそうに笑《わら》って胸《むね》をはる。

そういえば、ララちゃんがいっとったような。

「ハルくんのお父さんって、マジシャンなんだってね。」

思いだして真衣《まい》がきくと、ハルくんは大まじめな顔で首をふった。

「マジシャンではない。本物の魔法使《まほうつか》いなのである。」

「ははは。」

そのギャグはおもしろくはなかったけれど、自然と笑《わら》いがこみあげた。オルガンをひいたからかもしれない。楽しい音楽は、心もかるくするのだ。

「ララちゃん、帰ろう。」

だから真衣は、その日の帰り、いつもみたいにララちゃんをさそうことができた。胸にただよっていたもやもやが、だいぶすっきりとしている。

なのに、声をかけた真衣《まい》に、ララちゃんはぷいっとそっぽをむいた。そしてランドセルをしょって立ちあがり、ずんずん歩いていってしまった。

「ララちゃん、まって。」

よびとめたけれど、知らんぷりだ。怒《おこ》っていたのは自分のほうだったのに、真衣はあわてて追いかけた。

「どうしたと？」

一心不乱《いっしんふらん》に歩いていたララちゃんは、やっと階段《かいだん》の踊《おど》り場《ば》で、足をとめた。キッと真衣をふりかえる。

「どうしたとって、どういうこと？」

矢《や》のような視線《しせん》がささって、

「いや、なんか怒《おこ》っとるとかいなと思って。」

真衣はたじたじと言葉をつないだ。すると、ララちゃんの目はますますとがった。

「怒っとるのはそっちでしょう。」

「……………。」

「朝からずっと無視《むし》しとったやんね。」

「それは、ララちゃんが……。」

いいのがれようとした真衣《まい》に、

「人のせいにするとか、ずるか。」

ララちゃんは断固《だんこ》とした声でそういって、ぷいっと顔をそむけた。

真衣が自分のみぞおちのあたりで、ぷちっと音がしたのをきいたのは、そのときだった。

「ずるい？」

ぴくんとこめかみがふるえた。

「ずるかとはそっちのほうよ。」

おしころしたような声で、真衣はいった。

「え？　わたしはなんもずるかことしとらんよ。」

ララちゃんは一歩踏《ふ》みでてきたので、真衣も一歩前に出る。

「してなくてもずるいったい。だってララちゃんは美人《びじん》やんね。」

ずっとおしこめていた言葉がとびでた。

「はあ？」

ララちゃんが一瞬《いっしゅん》ぽかんとしたが、真衣《まい》はかまわず責《せ》めたてた。

「美人はお得《とく》なんだって。それだけで得するとって。そんなのずるかやん。」

ほんとうはララちゃん本人に美人だと宣言《せんげん》するのは、しゃくにさわったけれど、いいだしたらとまらなかった。

「たまたま美人に生まれてきただけやん。なんの努力《どりょく》もしてないとに。」

真衣はあらい声でつづけた。するとララちゃんは、

「なんの話かぜんぜんわからん。」

まゆをしかめたものの、

「でもそんなことというんやったら、真衣ちゃんだってずるかやん。ピアノがじょうずやんね。」

と、いいかえしてきた。真衣のほうこそ意味がわからなかったが、必死《ひっし》でいいかえした。

「それは練習しとるからやもん。わたしはちゃんと努力しとるもん。」

でもララちゃんも負けていなかった。

「わたしだって、めちゃめちゃ練習しとるとよ。一年生のときからやっとったとよ？　でも、真衣《まい》ちゃんみたいにうまくひけんもん。真衣ちゃんなんて、四年生からはじめて、すぐじょうずになったやんねっ！　わたしなんかいっつもしかられとるよ。そんなのずるか！」

「ララちゃんのほうがずるか！」

「せからしかよ。たまたまピアノ名人《めいじん》！」

「そっちこそ。たまたま美人《びじん》！」

もみあいになりそうになったとき、

「あ、あった！」

だれかがふたりのあいだに入ってきた。ハルくんだった。

「よかったのだ。」

ハルくんはふたりのあいだにしゃがみ、なにかをひろいあげた。

「な、なによ。」

いきおいをとめられた真衣《まい》が見ると、ハルくんは鉛筆《えんぴつ》をにぎっていた。

「昼休みにここで魔法《まほう》の練習をしていて、おっことしたままだったのだ。」

「魔法？」

ララちゃんは、はっとしたように顔をあげた。

「そうである。おれは日夜《にちや》、魔法の練習をしているのだ。」

ハルくんが大きくうなずくと、

「じゃあ、ハルくんわたしにかけてよ。ピアノの先生にしかられないようにしてよ。」

ララちゃんがハルくんにつめよった。

「ずるかよ。」

真衣も負けずにつめよった。

「わたしは美人《びじん》にして。」

「はあ？」

首をかしげるハルくんを、真衣はララちゃんとふたりで、踊《おど》り場《ば》のすみまで追いつめる。

「わたしに先にかけて。」

「わたしが先よ。」

「おれはまだ修業中《しゅぎょうちゅう》なのだ。」

責《せ》めたてられながら、ハルくんはいいのがれをしたけれど、真衣《まい》はゆるさなかった。

「でも、練習しとるっちゃろ。」

「それにハルくんだってたまたまちょっとは魔法使《まほうつか》いっちゃろ。」

ララちゃんも耳をつんざくような声でいった。

「しかたないな。」

とつぶやいてから、ハルくんは鉛筆《えんぴつ》を立てた。

「しずかにこれを見るのだ。」

ハルくんがいうのに、真衣はじっと鉛筆を見つめた。ララちゃんも息をつめている。

ふたりが見つめるなか、ハルくんは指揮《しき》をするように鉛筆をふりあげた。そして、
タンタタターン。

すばやくうごかした。真衣は思わずまばたきをした。その瞬間《しゅんかん》、

「はいっ。」

ふたりの前に紙切《かみき》れがさしだされた。なにかのチケットだ。

「ここにくれば、本物の魔法《まほう》が見られるのだ。」

「〝ドリーム・サーカス〟？」

真衣《まい》がチケットに書いてある文字を読むと、

「え？　招待券《しょうたいけん》？　やったあ。」

ぽかんとしていたララちゃんは、表情《ひょうじょう》をころりと変《か》えた。

「え？　まじで？」

真衣もぴょんととびあがる。ふたりはちゃっかり笑《わら》ってチケットをうけとった。今までのとげとげした気持ちなんかふっとんだ。

「ありがとう。」

「ありがとう。」

声をそろえてふたりはお礼《れい》をいって、両手を上にあげた。

「イエーイ。」

「イエーイ。」

ハイタッチをする。そしてふたりで、よろこびのジャンプをした。ほんとうに魔法《まほう》がかかったみたいだった。

つぎの土曜日、朝九時。〝ドリーム・サーカス〟最寄《もよ》りのバス停《てい》で真衣《まい》はバスを降《お》りた。ララちゃんもいっしょだ。

ハルくんからもらったチケットは、招待券《しょうたいけん》ではなく優待券《ゆうたいけん》で、子どもは百円引きにしかならないものだったけれど、それぞれの親にたのみこんで許可《きょか》をもらった。ふたりともどうしても見たかったのだ。

巨大《きょだい》な卵《たまご》を半分に切ったようなテントの前には、すでに長い行列《ぎょうれつ》ができていて、ふたりはその最後《さいご》に走っていった。

「どきどきするね。」

「早く見たかね。」

なにかをまっている時間というのは、どうして、こう経《た》つのがおそいのだろう。真衣はしょっちゅう腕時計《うでどけい》をチェックしているのだが、見るたびに三分くらいしかたたない。

じりじりしながら、たんまりある時間をがまんしていると、やっと会場がひらいた。真《ま》衣《い》はララちゃんと一目散《いちもくさん》に走って席《せき》についた。会場はあふれんばかりの人で、期待《きたい》でテントもパンパンにふくれあがっているようだ。

やがてテント内が真っ暗になった。

「レディース エンド ジェントルマン！」

低《ひく》い声のアナウンスがひびき、会場が明るく照《て》らされたとたん、

「〝ドリーム・サーカス〟へようこそ！」

ステージにはクモの巣《す》のテープが広がった。転校してきた日ハルくんが投《な》げたテープだ。と、会場の天井《てんじょう》からは蝶々《ちょうちょう》が舞《ま》いおりてきた。リボンでできた蝶だ。赤、青、黄色。金色《きんいろ》や銀色《ぎんいろ》もある。ララちゃんがハルくんからもらった蝶だ。

「ひゃーっ。」

真衣は両手をのばし、本物の蝶々《ちょうちょう》みたいに舞《ま》うリボンを、いくつもつかんだ。ララちゃんの上にふってきたのも、ひったくってとった。

それから先は、すべてがちがう世界《せかい》でおこっていることみたいだった。そのひとつひ

とつに、真衣《まい》は、ララちゃんとなんども顔を見あわせて、目をかがやかせたり、うっとりしたり、大笑《おおわら》いしたりした。


「すごかったね～。」

「さすがは魔法使《まほうつか》いやね～。」

「犬もすごかったね～。あれ、魔犬《まけん》かな？」

帰りのバスに乗ってまで、ふたりの興奮《こうふん》はさめなかった。なんど同じことをいっても、いいたりないほど楽しかった。心はすきまがないほどいっぱいだったけれど、おなかのほうはすいていた。

「ムツゴロウ焼《や》き、食べてかえろうか。」

真衣が提案《ていあん》すると、

「そうしよう。」

ララちゃんも声をはずませた。

ますます楽しい気分だ。

山口《やまぐち》

池上秀《いけがみしゅう》は、学校の勉強がよくできる。

「秀ちゃんは、幕末《ばくまつ》に生まれちょったら、まちがいなく長州《ちょうしゅう》ファイブになっちょったいね。」

ひいおばあちゃんが感心《かんしん》するほどだ。

むかし山口《やまぐち》は長州とよばれていた。そして、そこには長州ファイブという若者達《わかものたち》がいた。幕末に長州藩《ちょうしゅうはん》から派遣《はけん》されてヨーロッパに秘密留学《ひみつりゅうがく》した、優秀《ゆうしゅう》な五人組のことだ。帰国後《きこくご》はそれぞれ日本の政治《せいじ》と産業《さんぎょう》のいしずえとなり、力をふるった。

「井上馨《いのうえかおる》、遠藤謹助《えんどうきんすけ》、山尾庸三《やまおようぞう》、伊藤博文《いとうひろぶみ》、井上勝《いのうえまさる》。」

九十歳《さい》をこえたひいおばあちゃんは、五人の名前をすらすらといえる。小さいころから、よくきかされた名前だったからだという。

「長州には、ほかにも偉《えら》いお方《かた》がいっぱいおっちょってじゃけどな。秀は負けちょらんね。」

ひいおばあちゃんの意見《いけん》は、すこしおおげさだけれど、たしかに秀はいけてる小学生だ。なにしろできるのは勉強だけではない。小学校でこれまでもらった通知表《つうちひょう》は、三年生の二学期に、一度だけ図画工作《ずがこうさく》に〝ふつう〟がついただけで、あとはすべて〝よくできる〟だ。その〝ふつう〟だって、先生と芸術的《げいじゅってき》センスがあわなかったというだけで、芸術の素養《そよう》がないというわけではない。その証拠《しょうこ》に、秀《しゅう》は、絵画《かいが》コンクールの賞状《しょうじょう》を、十センチくらいの束《たば》ができるくらい持っている。

運動会でも、いつもリレーのアンカーだ。去年の町内対抗《たいこう》リレーでも、六年生をさしおいてアンカーをまかせられ、三人ぬきをして一位になった。球技《きゅうぎ》も得意《とくい》で、ミニバスケットのクラスマッチでは大活躍《だいかつやく》をした。

そのうえ顔立《かおだ》ちもととのっている。最近流行《さいきんはやり》のきりっとしたしまりのある顔で、今年のバレンタインデーにはチョコを十三個《こ》ももらった。

もっとも、ひいおばあちゃんは、

「秀ちゃんの顔は、松陰《しょういん》先生にそっくりじゃ。」

というが。吉田松陰《よしだしょういん》は、松下村塾《しょうかそんじゅく》をひらいて、多くの偉人《いじん》を教育した人だ。

「脱穀機《だっこくき》を踏《ふ》みながら、本を読んじょってじゃったんよ。」

という話は何回もきいた。勉強熱心《ねっしん》な人だったらしいが、肖像画《しょうぞうが》で見る松陰《しょういん》の顔は、全《ぜん》体的《たいてき》にとがっていて、ちょっと神経質《しんけいしつ》そうだ。これはすこしざんねんな気がする。

そんな秀《しゅう》だが、性格《せいかく》も謙虚《けんきょ》だった。できることをひけらかしたり、できない人をばかにしたりすることもない。すべてをあたりまえに、さりげなくこなし、かつ最高《さいこう》の結果《けっか》を出す。

ようするに、池上秀《いけがみしゅう》は、ほぼ完全無欠《かんぜんむけつ》の十一歳《さい》なのだった。

こんなふうだから、秀にとっての小学校生活は、なんの不都合《ふつごう》もないものだった。毎日がとどこおりなくスムーズで、こまったり悩《なや》んだりすることはない。

けれども、このところ、秀は不穏《ふおん》な空気を感じていた。考えてみれば転校生《てんこうせい》がやってきてからだった。

転校生は、鈴木青《すずき》という男子だ。青と書いてハルと読む。ハルは、秀が十三個《こ》もチョコをもらった翌日《よくじつ》の二月十五日にやってきて、

「どーん！」

といいながら突然《とつぜん》、クモの巣《す》みたいなテープを出した。テープは空気にふれると消える

素材《そざい》で作られていたのか、ひろがったとたん消滅《しょうめつ》した。教室中が大さわぎになったが、後日《ごじつ》、ハルがサーカス団《だん》の一員《いちいん》だということがわかって、秀《しゅう》は納得《なっとく》した。

街《まち》の真ん中の大きなあき地《ち》に、このごろ看板《かんばん》が立っていたのだ。看板には「ドリーム・サーカス公演。二月二十日から四月二十日まで」と書かれていた。

古くなった市の施設《しせつ》がべつの土地にうつって、あいていたところだ。そこに「サーカス」がくることになったのは、学校でも話題《わだい》になっていた。

「サーカスがやってくる！」

映画館《えいがかん》もない街に、本物のサーカスがくることになって、子どもたちは、胸《むね》を高鳴《たかな》らせていた。ハルの父親は、そのサーカスのマジシャンだという話だった。

それはともかく。

秀が不穏《ふおん》な空気を感じるのは、給食時間のことだった。

給食は、近くの席《せき》の六人で班《はん》をつくって食べる。秀の通う小学校の給食はおいしいと評判《ひょうばん》だ。和食《わしょく》なら、ごはん、汁《しる》もの、主菜《しゅさい》、副菜《ふくさい》、デザート。洋食《ようしょく》なら、パン、スープ、主菜、副菜。カレーや、ミートソースとソフトめんということや、中華《ちゅうか》まんと八宝菜《はっぽうさい》というような中華料理《ちゅうかりょうり》のこともある。

が。完全無欠《かんぜんむけつ》の十一歳《さい》、池上秀《いけがみしゅう》の弱点《じゃくてん》がここにあった。

ふつうにしていても、すべてのことがとどこおりなく美しく流れる、まるで清流《せいりゅう》のような小学校生活の中で、給食時間は、それをはばむ小さな岩《いわ》。秀が唯一神経《ゆいいつしんけい》をつかう時間だった。

秀は、偏食《へんしょく》なのだ。トマト以外《いがい》の野菜《やさい》が食べられない。だから入学してからずっと野菜だけほとんどのこしていた。その弱点に関《かん》しては、ひいおばあちゃんでさえ、

「松陰《しょういん》先生は好《す》き嫌《きら》いなんか、せんじゃったほ。」

なんて、会ったこともないくせにいう。

秀には、アレルギーがあるわけではないので、先生からもいくども注意をうけた。母親も、あの手この手をつかってどうにか食べさせようとした。もちろん秀自身《しゅうじしん》も、できればみんなの希望《きぼう》にそいたいとねがってきた。でも、どんなにがんばっても食べられない。口に入れると舌《した》と食道《しょくどう》が、全力《ぜんりょく》で野菜をこばむのだ。逆流《ぎゃくりゅう》させたこともあって、結果的《けっかてき》に、食べないよりも人にめいわくをかけることになったし、自分もいやな気分

だった。

悩《なや》んだすえに秀《しゅう》は最近《さいきん》、ある裏技《うらわざ》を開発《かいはつ》していた。人目《ひとめ》をぬすんでビニール袋《ぶくろ》にしのばせて、そっと持ちかえるという技《わざ》だ。持ちかえった野菜《やさい》は、飼《か》い犬《いぬ》の晋作《しんさく》に食べさせる。晋作は老犬《ろうけん》だが、自分のことを人間だと思っているのか、ドッグフードよりも人間のごはんが好《す》きなのだ。

秀が、給食時間にもっとも神経《しんけい》をつかうのは、だれにもみつからないように、野菜をビニール袋の中に入れなければならないからだ。こんなズルをしてはならないのはわかっている。なんといっても、秀は完全無欠《かんぜんむけつ》なのだから。

さいわいまだ一度もばれたことがない。とくに今、同じ班《はん》にいるメンバーは、食欲旺盛《しょくよくおうせい》な大食漢《だいしょくかん》ぞろいなので、自分が食べることに夢中《むちゅう》なのだ。

その日も、

「きょうの給食は、そぼろふりかけごはん、豆腐《とうふ》のみそ汁《しる》、長州鶏《ちょうしゅうどり》のソテーと、ハナッコリーのおひたし、デザートは大島《おおしま》の夏みかんゼリーです。のこさず食べましょう。」

給食係が発表《はっぴょう》するのをききながら、秀は、頭の中ですばやく算段《さんだん》をつけた。

鶏肉《とりにく》のソテーを食べながら、そっとはしでハナッコリーをビニールに入れよう。ソテーのお皿《さら》に、三センチほどのハナッコリーが三本のっている。ハナッコリーというのは、菜心《さいしん》という中国野菜《ちゅうごくやさい》とブロッコリーをかけあわせてつくったという、山口県《やまぐちけん》オリジナルの野菜だ。ブロッコリーよりも細くて食べやすく、菜心よりも味がよいということで、給食にたびたび登場するが、秀《しゅう》にとっては、見るからにおぞましいものだった。青虫《あおむし》みたいなにおいがする。こんなものを口に入れたら、朝食のパンまでとびでてきそうだ。

秀はすばやくビニール袋《ぶくろ》をとりだした。机《つくえ》の引き出しにはさんで準備《じゅんび》オッケー。

「いただきまーす。」

いっせいに手をあわせ、みんなははしをうごかしはじめた。秀もはしをとる。

鶏《とり》そぼろごはんをひと口食べ、みそ汁《しる》を飲み、ソテーをはさむと見せかけて、ハナッコリーを、さりげなくビニール袋におとす。

一本クリア。

ほんとうは、野菜《やさい》なんか見るのもいやなので、さっさと処分《しょぶん》したいところだが、こう

いうことは、慎重《しんちょう》さが大事《だいじ》だ。

ソテーを口に入れ、飲みこんだタイミングで、もう一本おとす。

二本目、クリア。

と、思ったとき、秀《しゅう》は不穏《ふおん》な空気を感じた。それとなくみんなを見る。みんな、楽しそうに話をしながら、ぱくぱく夢中《むちゅう》で食べている。

思いすごしだったかな。

秀はすこし肩《かた》の力をぬいた。

じつはこのところ感じる不穏な空気というのは、視線《しせん》のようなものだった。野菜《やさい》をすてるたびに、だれかに見られているような気がしていた。でも、もしかしたらそれも思いこみだったのかもしれない。だれかに見られているのではないか、というおそれが、自分をそんな気分にさせたのかもしれない。

秀は茶碗《ちゃわん》を持ちあげて、そぼろごはんを大口《おおぐち》でかきこみはじめた。そうしながら、そっと三本目をビニール袋《ぶくろ》に片《かた》づけた。

さりげなくあたりを見まわしてみたが、だれも自分は見ていないようだった。それどころか、班《はん》のみんなの話題《わだい》はますます盛《も》りあがっていた。

「テント、だいぶできちょったよね。」

「ぶち、楽しみ。」

〝ドリーム・サーカス〟のことだ。

「ハルの父さんって、有名《ゆうめい》なマジシャンなんじゃって？」

秀《しゅう》も、カモフラージュもかねて、話題《わだい》にのってみた。テレビＣＭもやっている〝ドリーム・サーカス〟の目玉《めだま》のひとつが、ハイクオリティのマジックショーだということだ。が、ハルはすまして答えた。

「マジシャンなどではない。本物の魔法使《まほうつか》いなのだ。」

「わー、ぶちミステリアス。」

女子は声をあげ、

「わやじゃ。」

男子があきれる。もちろんだれも本気にはしていない。マジシャンがやるのは魔法ではなく手品《てじな》だと秀も思う。

それが不満《ふまん》だったのか、ハルはちらっと秀《しゅう》のほうに視線《しせん》をながした。その視線が自分の視線とぶつかって、秀はなんとなくひやっとした。

「弟子《でし》にしてくれ。」

ハルが秀のところへやってきて、そういったのは、その日の放課後《ほうかご》のことだった。学校からの帰り道、いっしょに歩いていた祐樹《ゆうき》とわかれたところで、秀はうしろから声をかけられた。ふりかえってみると、ハルだった。

ハルは、まわりにだれもいないことをたしかめてから、ていねいにいいなおした。

「おれを弟子にしてくれなのである。」

「勉強を教えてくれってこと？」

秀はたずねかえした。こういうことはよくあるのだ。ハルも、引《ひ》っ越《こ》しばかりしていて、勉強がおくれているから教えてくれといってるのだろう。

「勉強ではないのだ。」

が、ハルは首をふった。そして、思いつめたみたいな顔でいった。

「物を消しさる技《わざ》を教えてほしいのだ。」

「物を、消しさる？」

ハルの発言《はつげん》をくりかえしながら、秀《しゅう》は両腕《りょううで》の産毛《うぶげ》が、風にさかだつような感触《かんしょく》をおぼえていた。

「給食時間、野菜《やさい》を消しただろう？」

こんどは下腹《したばら》がきゅっとひえた。とがった氷をおしあてられたみたいだ。

やっぱり。

秀は顔をしかめる。このところ感じていた不穏《ふおん》な視線《しせん》は、ハルのものだったのだ。

「見られてたか。」

秀がうめくようにいうと、ハルはこっくりとうなずいた。

「うん、見たのである。」

「うー、これまでだれにも気づかれなかったのに。」

「おれは魔法《まほう》を身近《みぢか》で見ているから、不思議《ふしぎ》なものは見のがさないのである。」

くやしくさえなったが、ハルのほうは興奮気味《こうふんぎみ》だ。

「そんなおれが、最初《さいしょ》はまったく気がつかなかったのだ。ちゃんと食《く》っているのかと思っていた。でも、ほんのすこしの動きがぎこちないことに気がついたのである。だから注意して見たのだ。そしたら、野菜《やさい》だけどんどんビニール袋《ぶくろ》に入れてるではないかっ！」

「大きな声でいうなよ。」

秀《しゅう》はあせったが、ハルは目をかがやかしている。

「すさまじい早業《はやわざ》であった。そのうえ、慎重《しんちょう》だ。あんな高度《こうど》な技《わざ》には、そうそうお目にかかれない。」

すっかり感心《かんしん》したようなようすだ。

「物を消すというのは、いわば、魔法《まほう》の真骨頂《しんこっちょう》なのだ。ぜひ教えてくれである。」

「わかったよ。」

秀はうなずいた。

「でも、このことはだれにもいわんでよ。」

釘《くぎ》をさすと、ハルは心得《こころえ》ているといわんばかりの顔で、深くうなずいた。

弟子入《でし》りをゆるされたハルは、そのまま秀《しゅう》の家についてきた。秀が帰ると、晋作《しんさく》がのっそり出てきてしっぽをふった。えさがもらえるからだ。

「おれにやらせてくれである。」

動物好《どうぶつず》きらしいハルが代《か》わってやったハナッコリーをおいしそうにたいらげた。見知らぬ人がくれたえさを、こんなにあっさり食べるなんて、晋作《しんさく》の名がすたる、と、秀は思う。晋作の名前は、郷土《きょうど》の偉人《いじん》、高杉晋作《たかすぎしんさく》から名づけたものだ。若《わか》き革命《かくめい》の志士《しし》であった晋作は、もっと用心《ようじん》ぶかかったはずだ。

秀の家は、両親ふたりとも公務員《こうむいん》だ。帰りは六時をすぎるので、そのあいだ、小さいころは、近くに住んでいる、おばあちゃんのところに行っていた。そこには、ひいおばあちゃんもいて、かわいがってもらっていた。

けれども塾《じゅく》に通いだしたり、友達《ともだち》と遊ぶことが多くなったここ一、二年は、あまり行かなくなっていた。

「まず、こうやってビニール袋《ぶくろ》をセットするんだ。」

秀は自分の学習机《がくしゅうづくえ》の引き出しに、ビニール袋のはしっこをはさんでみせた。

「ああ、そこはスタンダードであるな。」

ハルは熱心《ねっしん》な目で見つめている。

「そうしてこうして……。」

はしに見たてた二本の鉛筆《えんぴつ》で、野菜《やさい》に見たてた消しゴムをはさんで、すばやくビニール袋《ぶくろ》におとしこんだ。

「そのとき、左手でさりげなく右手もとをかくすこと。」

「うー、おみごと。」

ハルはうなった。

「いっさい迷《まよ》いがない。熟練《じゅくれん》の技《わざ》である。」

「そ、そうかな。」

秀《しゅう》は鼻の下をこすった。この技を考案《こうあん》して、半月ほどたつが、日の目《ひめ》を見ることがなかった。表《おもて》にはだせない、まさに裏技《うらわざ》を、こんなにほめられるとは。ほめられることには慣《な》れている秀だが、おしりの下がもぞもぞした。

「忘《わす》れないうちにやらせてくれ。」

ハルにせかされて、秀《しゅう》は場所を代《か》わった。秀がしてみせたように、鉛筆《えんぴつ》をにぎり、消しゴムをはさんでビニールに入れた。

ハルはなかなか勘《かん》がよかった。消しゴムは自然《しぜん》な感じでビニール袋《ぶくろ》におさまったようだ。左手にも不自然《ふしぜん》さはなかった。さらに、なんどかやるうちに、動きはじつになめらかになった。左手も、ただかくすだけではなく、会話のとちゅうの身ぶりっぽくカモフラージュしたりして、知っている秀でさえ、右手でなにがおこなわれているのか、忘《わす》れてしまうくらいだった。そのうち、ハトか、バラでも出てきそうな気さえした。

「さすがマジシャンの子じゃな。」

秀が感想《かんそう》をもらすと、

「マジシャンではない。おれの父さんは、ほんとうの魔法使《まほうつか》いなのだ。」

ハルは不服《ふふく》そうな顔でいった。そしてつづけて、にやっと笑《わら》った。

「この技《わざ》はいただいたのである。」

ハルが帰ったあと、秀《しゅう》は不思議《ふしぎ》な気持ちにとらわれていた。胸《むね》にいびつなすきまができたような感じ。なんだかすかすかしている。

こんな気持ちになったのははじめてで、なんとも表現《ひょうげん》しがたいが、たとえば大事《だいじ》なものをなくしてしまったら、こんな感じになるのかもしれない。体のどこかを支《ささ》えていた棒《ぼう》を、はずされたみたいだ。細い棒なので、自力《じりき》で立つには苦労《くろう》はないが、なんとなく心もとない。あればもっと楽《らく》なのにと思う。

なぜだろう。

秀《しゅう》は考えてみた。が、わからなかった。わかったのは、つぎの日の給食時間のことだった。

「きょうの献立《こんだて》を発表します。きょうは、ごはん、けんちん汁《じる》、白身魚《しろみざかな》の西京焼《さいきょうやき》、五目《ごもく》豆腐《どうふ》、ドライ納豆《なっとう》です。のこさず食べましょう。」

なかなか手ごわい献立だ。野菜《やさい》が多い。しかも、汁《しる》ものと副菜《ふくさい》にまじりこんでいる。

五目豆腐はそのまま、ビニールへ、けんちん汁は、汁といっしょに鶏肉《とりにく》とこんにゃくだけ食べる。

算段《さんだん》はつけたが、難易度《なんいど》は高い。秀《しゅう》は気合《きあ》いを入れて両手をあわせた。

「いただきます。」

あいさつをして、はしをとった。まず、お汁《しる》を飲んで、ごはんを食べた。そして、西《さい》京焼《きょうやき》を食べるふりをして、五目豆腐《ごもくどうふ》をいっきに皿《さら》からとって、ビニールに入れるために持ちあげた。が……。

そのとたん、腕《うで》がかたまった。

あれ？

なぜだか、はしが手前、つまりビニールのほうへうごかない。空中《くうちゅう》で停止《ていし》したままだ。秀はそうしたまま、ハルを見た。視線《しせん》を感じた気がしたが、ハルはまるで秀を見ていなかった。ほかの人と話をしながら、ぱくぱく給食を食べている。

しかたないので、秀はいったん皿に五目豆腐をもどした。これはスムーズにいった。そうしてまたごはんを食べ、西京焼の身をほぐして口に入れ、その流れで五目豆腐をいっきにすてようとした。が……。

やっぱり腕がかたまった。

「だめだ。」

秀《しゅう》は声をあげた。自分でもびっくりするくらい大きな声だった。

とられたんだ。

秀は確信《かくしん》した。

ハルに技《わざ》をとられたから、心がすかすかしてたんだ。技は自分にとってたいせつな支《ささ》えだった。それがなくなったから、バランスがくずれたんだ。

「池上《いけがみ》くん、どうしたの？」

気がついたらしい先生が顔をあげて秀を見た。

「す、すみません。おなかがいたくて。」

秀はとっさにそういった。

「保健室《ほけんしつ》に行っていいですか。」

秀は、さっと空《から》のビニール袋《ぶくろ》を机《つくえ》の中におしこんで、席《せき》を立った。

家に帰って、秀は買いおきのカップラーメンを作った。おなかがすいていたのだ。ほとんど給食が食べられなかったが、体の具合《ぐあい》がわるいわけではなく、保健室では胃薬《いぐすり》をもらって教室に帰された。おかげで五、六時間目は、おなかがグーグー鳴りっぱなしだった。

それにしても。

カップめんをずるずるとすすりながら、秀《しゅう》は首をかしげる。

技《わざ》をとられるなんてことあるだろうか。「技をぬすむ」という言い方があるのは知っている。通常《つうじょう》は、だれかの技の真似《まね》をするとか、秘訣《ひけつ》をさぐるとかの比喩《ひゆ》としてつかわれる。技そのものを、物のようにぬすむわけではない。

秀が首をかしげたときだった。

リリリーン。

電話が鳴って、秀はいすから立ちあがった。口の中のものを飲みこんで、受話器《じゅわき》をとる。

「はい。」

「ああ、秀ちゃん。」

電話のむこうの声は、はずんでいた。

「おばあちゃん?」

「そう。かわりなく元気にしちょるかね?」

「うん。元気じゃけど。」

秀《しゅう》は答える。やや、かわりはあるけれど、体はともかく元気だ。それをきいたおばあちゃんからは、安心したような雰囲気《ふんいき》がつたわってきた。

「そんなら、よかったわ。このごろ、遊びにこんけん。」

「……ちょっといそがしくて。」

秀が口ごもると、

「そうじゃろう、そうじゃろう。秀ちゃんも六年生じゃけん、勉強がいそがしくなってきちょろうねえ。」

おばあちゃんは、満足《まんぞく》そうにいったが、すぐに声をおとした。

「まあでも、よかったら近々《ちかぢか》遊びにきてくれるとうれしいねえ。ひいおばあちゃんが、秀ちゃんの顔を見たいってゆうちょるんよ。」

「ひいおばあちゃんが。」

「うん。このごろはずっと寝《ね》ちょるんだけど、おきると秀《しゅう》ちゃんのことを思いだすみたいでえね。」

受話器《じゅわき》ごしにきく声は、息の分量《ぶんりょう》が多くて、なんだかしめっぽくきこえた。

「……わかった。こんど行く。」

秀はいった。今から行く、とはいえなかった。

おばあちゃんの家から足が遠のいてしまったのは、たしかにいそがしくなったことが大きかったけど、それだけではなかった。もちろん、偏食《へんしょく》をしかられるからでもない。

このところ、ひいおばあちゃんのようすが、目に見えて弱ってきたからだ。秀が低学年《ていがくねん》のころまでは、ボール遊びもしてくれた元気なひいおばあちゃんだったが、三年生になったころから、物忘《ものわす》れがひどくなった。おばあちゃんいわく、

「年のせいで、ちょっと前のことをおぼえていられなくなっちょる。」

のだそうだ。

秀が遊びにいっても、話したさきから内容《ないよう》を忘《わす》れてしまうのか、同じ話ばかりをくり

かえした。

「秀《しゅう》ちゃんは、何歳《なんさい》じゃったかね。」

「十歳《さい》だよ。」

「ほう、十歳かね。幕末《ばくまつ》に生まれちょったら、長州《ちょうしゅう》ファイブじゃね。」

ひいおばあちゃんは満足《まんぞく》そうに笑《わら》うが、長州ファイブの名前はもういえなくなっていた。しかもそのはしから、

「秀ちゃんは何歳かね。」

ときいた。

「だから、十歳だってば。」

「ほう。十歳。幕末に生まれちょったら、長州ファイブじゃね。」

この会話が永遠《えいえん》にくりかえされたりする。そのうち、

「きのうどろぼうが入った」とか、

「きのう、家に歌手《かしゅ》がきた」とか、よくわからないことをいいはじめた。最初《さいしょ》は心配《しんぱい》したが、おばあちゃんいわく、

「年のせいか、妄想《もうそう》が出ることがある。」

ということだった。

そのあたりから、正直《しょうじき》いって、会いにいくのがめんどうになってしまった。どんな会話をしたらいいのか、わからなかったのだ。そうこうしているうちに、秀《しゅう》も塾《じゅく》に通いはじめたりしていそがしくなり、時間的《じかんてき》にもむりになってしまった。ときどきつたえられるおばあちゃんの情報《じょうほう》では、ここ半月くらい、ひいおばあちゃんはほとんど寝《ね》たきりになっているらしかった。おきているあいだに、おかゆやゼリーなど、飲みこみやすいものをちょっとずつ食べ、あとは、ずっと眠《ねむ》っているという。

「手も足も、木の枝《えだ》みたいになっちょってねえ。」

枯《か》れ木《き》みたいになったひいおばあちゃんを想像《そうぞう》すると、胸《むね》が痛《いた》くなった。ベッドの上によこたわっているだけの、弱々《よわよわ》しいひいおばあちゃんなんか、見たくなかった。

つぎの日の土曜日。秀は両親といっしょにおばあちゃんの家をたずねた。電話があったことをつたえた秀の顔が暗かったのかもしれない。母親は事態《じたい》をさとったような顔で、

「秀《しゅう》もいっしょに行こう。」

といった。有無《うむ》をいわせぬような強い声で、ことわることなどできなかった。

ひいおばあちゃんは、医療《いりょう》用のレンタルベッドの上によこたわっていた。

「おばあちゃん。」

「こんにちは。」

両親のよびかけにも答えることはない。白っぽいまぶたはとじられたままだ。お母さんがベッドのわきにしゃがみ、布団《ふとん》の中から手を出してにぎった。おばあちゃんがいうとおり、細い木の枝《えだ》みたいだった。

「秀も声をかけてあげて。」

しわくちゃの手をなでながら、お母さんがいったので、秀はこわごわ口をひらいた。

「ひいばあちゃん。」

と、白いまぶたがぴくん、とうごいた。

「あ、目をあけたわ。秀の声がわかったんかしら。おばあちゃん、こんにちは。」

お母さんが耳もとに口をちかづけると、ひいおばあちゃんは、うっすらと目をあけた。

「あら、おきちょってね。ちょうどよかった。じゃあ、ごはんにしましょう。」

ようすを見にきたおばあちゃんはいって、台所にとってかえした。

そして、しばらくしてトレイに食器《しょっき》をのせてきた。おきているうちに、食事をさせてあげるらしかった。

「みんなで食べさせてあげてくれる?」

お父さんが、ベッドの背もたれをすこしおこすと、ひいおばあちゃんの体もおきた。やせ細《ほそ》ってはいるけれど、寝《ね》ているときよりもちょっとだけ、顔に色がついたみたいだった。

ひいおばあちゃんは、ぼんやりした顔で、視線《しせん》をさまよわせた。秀《しゅう》とも目があったが、その目は、ぽかんとあいた小さな穴《あな》みたいにも見えた。

「はい、どうぞ。」

お母さんが、吸《す》いのみを手にとった。タオルをそえてかたむけると、吸いのみの先からお茶が流れた。ひいおばあちゃんのくちびるはうるおって、飲みこむようにうごいた。

トレイの上には、白いもの、黄色っぽいもの、緑のものが入った皿《さら》がのっていた。どれも、どろどろだ。

「きょうは、おかゆと、茶碗蒸《ちゃわんむ》しと、ハナッコリーじゃよ。ハナッコリーはスープで煮《に》こんで裏《うら》ごしちょるけん。」

おばあちゃんが説明《せつめい》したメニューに、ひいおばあちゃんは、すこしだけうなずいたみたいだった。

お母さんは口もとにおかゆを持っていき、それをくちびるの中にかたむける。ひいおばあちゃんは、それを飲みこんだが、くちびるのはじからちょっともどってしまった。

お母さんは、それをスプーンできれいに口の中にもどしてから、秀《しゅう》をふりかえった。

「秀も食べさせてあげてごらん。」

「う、うん。」

秀はひるんだが、思わずうなずいた。ひいおばあちゃんと目があったのだ。

「じゃあ秀ちゃんは、こっちをおねがいね。うまく飲みこめんから、ちょっとずつね。」

おばあちゃんが緑のお皿《さら》をさしだした。ハナッコリーだ。

「う、うん。」

お母さんからうけとったスプーンで、どろどろのハナッコリーをすこしすくう。どろどろのくせに、青虫《あおむし》っぽいにおいがぷんとして、秀《しゅう》は一瞬《いっしゅん》息をとめた。

そして、おそるおそるさしだした。ひいおばあちゃんの口もとに。

「あ。」

ひいおばあちゃんは、ちょっとむかえにくるように口をつきだして、スプーンの中身をすすった。

「あら、じょうず。」

お母さんがほめると、

「野菜《やさい》好《す》きじゃからね。秀《しゅう》ちゃんが食べさせてくれたから、いっそうおいしんじゃろう。」

おばあちゃんもにこにこした。そのとき、しゃがれたような声がした。

「……、うまい。」

ひいおばあちゃんの声だった。

「まあ、めずらしい。」

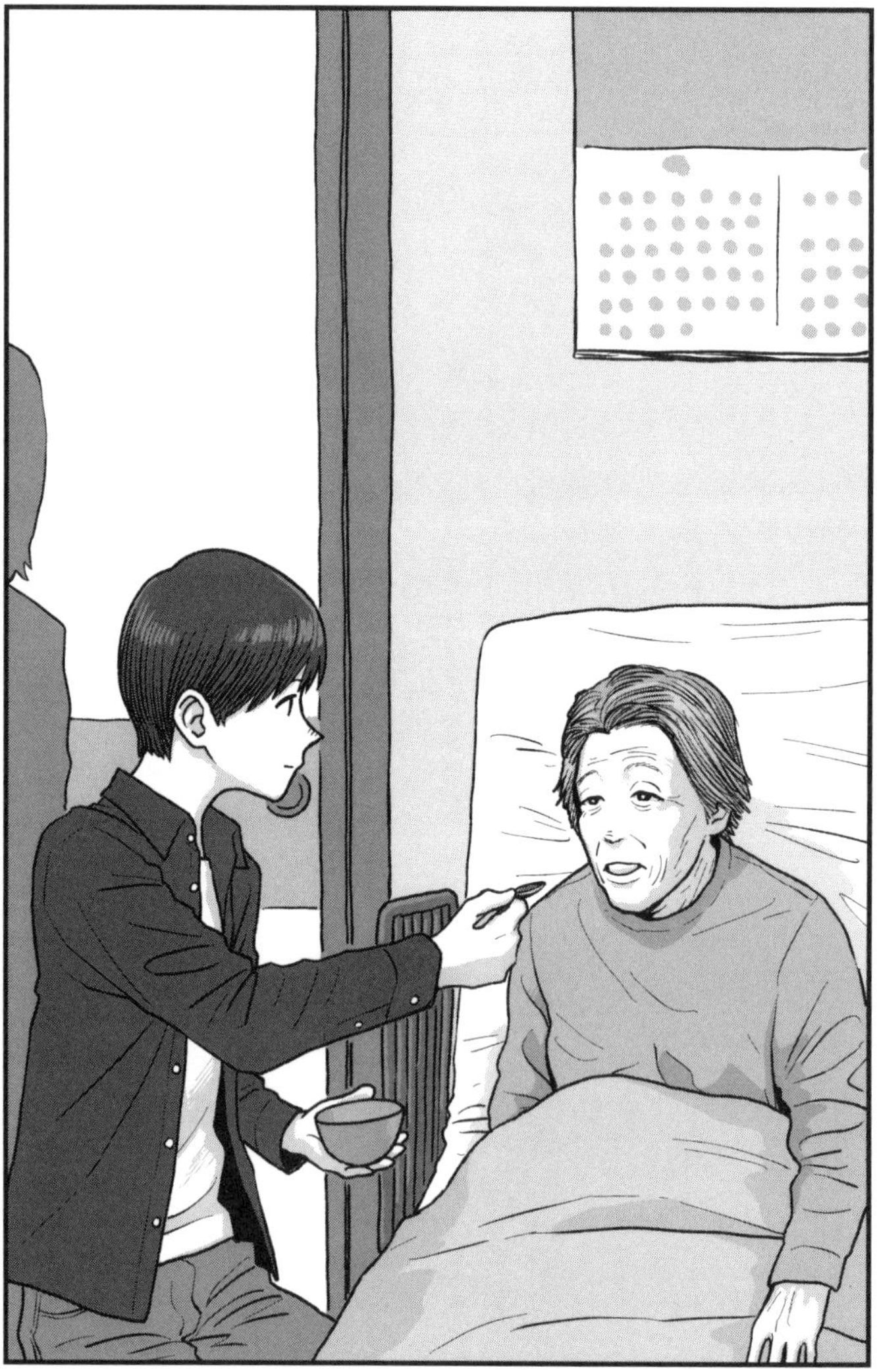

おばあちゃんが声をあげる。

「このごろあんまりおしゃべりもせんかったそに。きょうはよっぽどうれしいんじゃね。」

おばあちゃんがいったのに、うれしいような、ちょっとうしろめたいような気分になりながら、秀《しゅう》はつづけてスプーンを、しわくちゃの口もとに持っていった。

つるん、とひいおばあちゃんは、どろどろのハナッコリーを飲みこんだ。

「おいしい？」

秀が思わず笑顔《えがお》になると、ひいおばあちゃんは、それに答えるように、もぐもぐと口をうごかした。


「きょうは、ありがとうね。これ、おみやげね。」

帰るとき、おばあちゃんが、お母さんにスーパーの袋《ふくろ》をわたしていた。

「秀ちゃんはきらいじゃろうけど。近所の人が自家農園《じかのうえん》でいっぱいつくっちょるんよ。」

つけくわえていたので、中身は野菜《やさい》だろう。秀はこっそり肩《かた》をすくめた。

それからおばあちゃんは、秀《しゅう》のほうにやってきた。手に封筒《ふうとう》を持っている。おこづかいかと期待《きたい》したが、

「これも、近所の人からもらったんやけど、よかったら家族《かぞく》で行っておいで。」

といったので、そうではないらしい。

「ありがとう、おっ。」

中を出してみて、秀はかるく反応《はんのう》した。〝ドリーム・サーカス〟のチケットだったのだ。三枚《まい》入っている。

サーカスはあしたからはじまる。

その日の夕食は、家族三人がそろった。年度末《ねんどまつ》のこのごろは、土曜日でも、両親のどちらかが出勤《しゅっきん》することが多く、みんなで食事をするのはひさしぶりだ。

テーブルにならんだ料理《りょうり》は、ひとつをのぞいて、秀の好物《こうぶつ》ばかりだった。ハンバーグ、こふきいも、コーンポタージュスープ、野菜《やさい》では唯一《ゆいいつ》食べられるフルーツトマト。そして、ゆでた大量《たいりょう》のハナッコリー。帰りぎわ、おばあちゃんがくれたのは、これだったのだ。

「いやならなくていいわよ。」

あざやかな緑色にゆであがったハナッコリーをちらちら見ていると、お母さんがいった。

「うん。」

もちろん食べる気などない秀《しゅう》は即答《そくとう》して、ハンバーグにかぶりついた。

空中《くうちゅう》ブランコ、綱《つな》わたり、ブラスバンド、そして、タキシード姿《すがた》のマジシャンと白いプードル。

夕食のあと自分の部屋《へや》にもどってから、秀はチケットを見つめていた。ミスター・ベルというこのマジシャンが、ハルのお父さんだ。テレビのＣＭにも出ていて、

「〝マジックを超《こ》えた魔法《まほう》をあなたに〟。」

とあやしく笑《わら》う。

タキシードに身をつつんだ、かっこいいおじさんだが、見るからに不思議《ふしぎ》な雰囲気《ふんいき》をまとっている。

「あの人は、本物の魔法使《まほうつか》いなんだ。」

ハルがいうことも、あながちうそではなさそうな気さえする。

魔法使《まほうつか》いの子どもなら、やっぱりハルも魔法がつかえるのだろうか。

ばかばかしい可能性《かのうせい》さえ、頭をかすめるのはこのところ、秀《しゅう》の日常《にちじょう》がすっかりみだれてしまっているからだ。

木曜日、ハルが、

「この技《わざ》はいただいた。」

といってから、おかしくなっている。

まず金曜日の給食で、いつもの作業《さぎょう》ができなくなった。ビニール袋《ぶくろ》に野菜《やさい》を入れようとしたとたん、腕《うで》がかたまってしまったのは、まさに魔法がかかったみたいだった。

そして、きょう、どろどろのハナッコリーをひいおばあちゃんの口もとに持っていったときも変《へん》だった。ひいおばあちゃんが、つるっと飲みこんだときは、うれしかったが、うれしいだけではなかったのだ。秀の舌《した》にも、なぜだかハナッコリーの味がこみあげたのだ。記憶《きおく》にあるはずがないにもかかわらず。秀は、自分がおぼえているかぎり、ハナッコリーは食べたことがない。

こみあげた味は、フルーツトマトに似《に》ていた。

だからかもしれない。

夕食に出てきたハナッコリーに、はしがのびたのは。さっきのことだ。

「あら。」

「おおっ。」

両親は、ゆでハナッコリーをはしでつかんだ秀《しゅう》にくぎづけになっていた。自分でも信《しん》じられないのだから、家族がおどろいたのもむりはない。期待《きたい》と、好奇心《こうきしん》がこもった熱《あつ》い視線《しせん》をうけて、秀はハナッコリーをはなすわけにはいかなかった。しかも、どこかにすてるという技《わざ》は、ハルにとられてしまったので、腕《うで》が上にしかうごかなかった。つまり、自分の口もとへ。

ぱくっ。

秀はひと思いに口の中にハナッコリーを入れた。

む、むぐぐ。

ひいおばあちゃんがしたように、口をうごかす間《ま》もなく、衝撃《しょうげき》の味わいが口の中にひろがった。予想《よそう》よりもはるかにワイルドな苦《にが》さだった。フルーツトマトには、似《に》ても似つかない。苦くて、青《あお》くさくて、口の中が全力《ぜんりょく》で拒否《きょひ》をした。

「マヨネーズくらいつけたほうが、よかったんやないの。」

「しろうとが育てたんやから、特別《とくべつ》苦いだろ。」

両親の声が遠くにきこえた。

むむ、むぐむぐ。

かまなければよかった。

思いながら、それでも口をうごかした。はきだすわけにはいかない。秀《しゅう》はたたかうようにかみしめた。

ぐっくん。

そして飲みこんだ。

「まあ、じょうず。」

お母さんは、ひいおばあちゃんにいったのと同じようにいった。

「ちょっと大人《おとな》になったな。」

お父さんもほほえんだ。

秀《しゅう》の口の中には、しびれるような苦《にが》さがいつまでものこっていて、お茶を飲んでも、ハンバーグを食べても、消えさることはなかったが、胃《い》の中から逆流《ぎゃくりゅう》することはなかった。ベッドに入ってからも、舌《した》の奥《おく》に苦味《にがみ》はこびりついていた。これまで味わったことのない苦み。決《けっ》しておいしいとは思わないけれど、めずらしくて新しい味ではあった。


つぎの日の日曜日、朝十時に、秀《しゅう》の家族《かぞく》は、街中心部《まちちゅうしんぶ》のあき地《ち》に行った。あき地の中央《ちゅうおう》には、巨大《きょだい》なモンゴルのパオみたいなテントが張《は》られていて、そのまわりを、運動会のときみたいな、色とりどりの旗《はた》がかかこんでいる。

〝ドリーム・サーカス〟がはじまったのだ。秀たちが会場についたときには、すでに十メートルくらいの行列ができていた。

「このサーカスの目玉《めだま》は、マジシャンなんだってな。きのうネットでしらべたら、評判《ひょうばん》高かったぞ。」

お父さんはいい、

「あら、売店でマジックグッズをいろいろ売ってるみたいね。」

お母さんはパンフレットをひろげた。そこには、色が変《か》わるバラの花や、マジック用のトランプなんかが紹介《しょうかい》されていた。

「秀《しゅう》、これ買って、ひいおばあちゃんにしてみせたら。」

「そうだな、びっくりして元気になるかもな。」

両親はそんなことをいったが、目の前で、バラの花なんかを突然《とつぜん》出されたら、おどろきすぎて、体にわるいかもしれない。

それよりも。

目の前でぼくが野菜《やさい》を食べたほうが、よろこぶだろう。

秀はそんなことを思って、苦《にが》く笑《わら》った。

大阪
おおさか

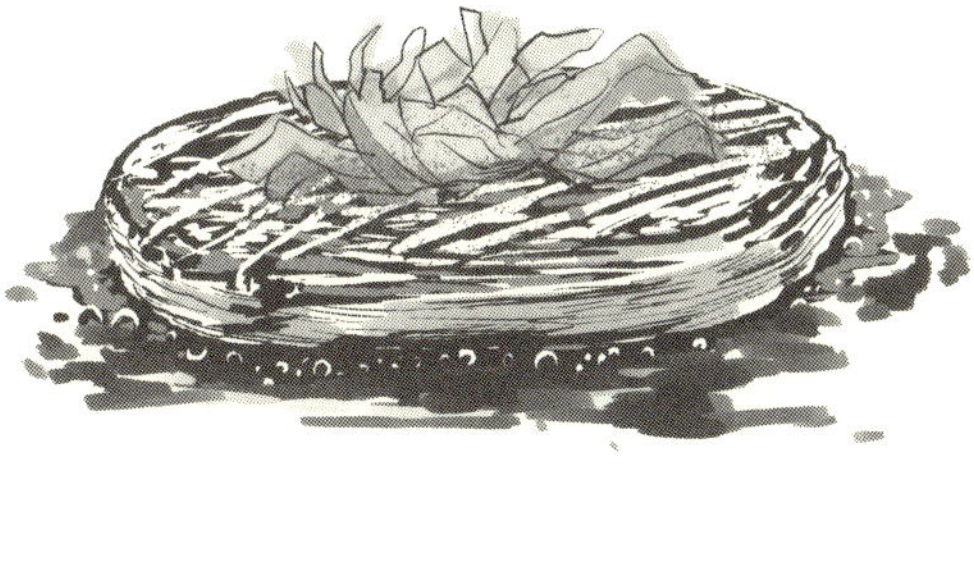

「なんや、こいつ。」

坂本一樹《さかもとかずき》がその犬をみつけたのは、木曜日、子ども食堂《しょくどう》の開店日のことだった。アパートの階段《かいだん》を、カンカンカンと降《お》りていくと、真っ白な犬がいたのだ。刈《か》りこまれている足の毛以外《いがい》全身巻《ま》き毛《げ》で、たれ耳の犬だった。犬にはくわしくないが、高そうな犬だということはひと目でわかった。だんじて野良犬《のらいぬ》ではない。

犬は一樹をみつけて近づいてきた。足もとでしっぽをふる。一樹はおずおずとしゃがみこんでみた。生まれてこのかた、動物なんか飼《か》ったことがないので、ちょっとびくついたけれど、やたらとかわいい犬だった。くるっとした目が、大きな黒飴《くろあめ》みたいにつやつやしている。

「お手。」

犬の前にしゃがみこみ、とりあえず手を出していってみる。犬にはやはり、「お手」だろう。

すると、犬は右の前足をすっと一樹の手の上においた。

「すげっ。」

　一樹は感嘆の声をあげたが、犬のほうはどうってことない顔をしている。そこでこんどは、

「おかわり。」

といってみた。あっさり犬は足を出しかえた。

「おまえ、かしこいなー。」

心から感動《かんどう》した一樹が、犬の頭をぐりぐりなでると、犬もうれしそうに、しっぽをぶんぶんふった。その顔がさもうれしそうに見えたので、ためしにつづけて指令《しれい》を出してみた。

「おすわり。」

「まわれ。」

「ちんちん。」

知っているかぎりの技《わざ》を要求《ようきゅう》したところ、犬は難《なん》なくそれらをクリアした。

「やばいやっちゃ。」

一樹《かずき》はほとほと感心《かんしん》したが、犬は余裕《よゆう》の顔だ。人間なら鼻くそでもほじっている感じだろうか。それよりも遊んでほしそうで、犬は一樹にまとわりついてきた。ジャンプしてほっぺたに鼻をぶつけてくる。

「おお、そうかそうか。」

あまりにかわいくて、ついしばらく遊んでしまったが、一樹はすぐにはっとした。

「あかん、こんなことしとる場合やない。」

まとわりつく犬に、

「またな。」

といいのこし立ちあがったとき、世《よ》にもおぞましい声がした。

「シロー。」

ゲロゲロ〜。

となりのくそじじいの声である。

アパートのとなりにある一戸建《いっこだ》てに住んでいるひとり暮《ぐ》らしの年よりだ。口うるさいじいさんで、大家《おおや》でもないのに、アパートにしょっちゅう文句《もんく》をいいにやってくる。やれ、夜中まで人の声がするとか、カーテンから光がもれていてまぶしいとか。

このあいだも一樹《かずき》は、ごみだしの注意をされたばかりだ。ごみだしは一樹の仕事《しごと》だが、その日はたまたまちょっと時間がおくれて、集収車《しゅうしゅうしゃ》に間《ま》にあわなかった。持ってかえるのもめんどうなので、あたりを見まわした。だれもいなかった。だからこっそりおいていこうとした。が、そのとたんどなられた。

「もうトラックは行ってしもうたわ。持ってかえれ！」

ひきょうなことに、じじいはへいの陰《かげ》にかくれて見ていたのだ。

となりの部屋《へや》のお姉さんは、

「ハイヒールの音がうるさい。」

といわれたそうだ。

「ハイヒールは商売道具《しょうばいどうぐ》やっちゅうねん。あほじじい。」

駅裏《えきうら》の繁華街《はんかがい》に、夕方からおつとめのお姉さんは、毒《どく》づいていた。

とにかく、アパートの住人からは、総《そう》すかんをくらっているじじいである。

「シロ〜。」

声がまたした。いつもとはちがうねこなで声だ。気持ちわるいくらいにあまったるい。

「おまえ、あのじじいのとこの犬やったんか。」

いつから飼《か》っていたのか不思議《ふしぎ》に思ったが、一樹《かずき》はさっさと退散《たいさん》することにした。じじいになにか因縁《いんねん》をつけられているひまはない。急いでいるのだ。

一樹が走っていったのは、駅に行くとちゅうにある「うめや食堂《しょくどう》」だ。ふつうの定食《ていしょく》屋《や》さんだけれど、ここが週に二日、月曜日と木曜日の五時から六時まで、「子ども食堂」になる。このあたりには、カギっ子が多い。そのなかには、家の人の帰りがおそく、ひとりでごはんを食べる子どもも多い。子どもが火をつかうと危《あぶ》ないので、どうしてもかんたんなものを食べることが多くなる。

一樹も、そんな家の子のひとりだ。じっさい、自分でつくるものは、電気ポットでわかしたお湯で作るカップラーメンか、レンジでチンの冷凍食品《れいとうしょくひん》くらいなものだ。コンロをつかってボヤでも出したら、それこそ、くそじじいになにをいわれるかわかったものじゃない。たたきだされるかもしれない。

そんなカギっ子たちのために立ちあがったのが、「うめや食堂」の梅原五郎《うめはらごろう》さんだった。週二回、無料《むりょう》で夕食を出してくれるのだ。

「こんにちはー。」

まだのれんの出ていない「うめや食堂《しょくどう》」にとびこんだ一樹《かずき》を
「おそいぞ〜。」

うめさんは、こわれたブザーみたいにまのびした声でむかえてくれた。

「わりい、ちょっと犬にひっかかってて。」

「なんや〜、きょうは犬かあ〜。先週は穴《あな》に落ちたとかいうてたろ〜。」

一樹は遅刻《ちこく》の常習犯《じょうしゅうはん》だ。

「いや、きょうはほんとです。」

しかも、うそまでばれた。

「もうええわ。はよ掃除《そうじ》しいや。もうおわってまうで。」

うめさんの奥《おく》さんの美代子《みよこ》さんが、大きな鍋《なべ》を洗《あら》いながらいった。店の中には数人の子どもがいて、もうてつだいをはじめている。

「きょうはお好《この》みやってよ。」

同じ年のアイラがコップを洗《あら》いながらいうと、

「やることやらんと、うちらが食べるからな。」

テーブルをふいていた三年生の彩香《あやか》が、なまいきな口をたたいた。

「やかましわ。」

一樹《かずき》は掃除道具《そうじどうぐ》入れからほうきをだして、外に出た。外でも、何人かの子どもが店のガラス窓《まど》をふいたり、ほうきではいたりしている。一樹もほうきで店のまわりをはいて行く。きょうはあまりよごれていなくてほっとする。

「わりにきれいやな。」

「ああ、ゲロなかったで。」

声をはずませた一樹に、うなずいたのは同じ年の優斗《ゆうと》だ。たまに酔《よ》っぱらいのゲロがぶちまけてあることがあり、こっちまでげんなりしてしまうのだ。

「うめや食堂《しょくどう》」では、週二回子どもは無料《むりょう》で夕食が食べられるが、それは〝ただ〟というわけではない。そのぶんの労働《ろうどう》をしなくてはならないのだ。店の掃除《そうじ》とか、出前《でまえ》のてつだいとか、美代子《みよこ》さんが、

「キャベツきれたわ。買《こ》うてきてー。」

ということもある。

あつまるのは、だいたい常連《じょうれん》の八人くらいだ。近所に住む一年生から六年生まで。ふつうなら名前も顔も知りようがない、ちがう学年の子どもとも、一樹《かずき》はずいぶんここで知りあった。

「できたでー。」

ちょうどきれいになったところで、美代子《みよこ》さんが店から顔を出し、一樹は店の中へ入った。ぷんとソースの香《こう》ばしいにおいがして、腹《はら》がぐうっと音をたてた。

掃除《そうじ》したての洗面所《せんめんじょ》をなるべくよごさないように手を洗《あら》って、席《せき》についた。店内は、八人くらいがすわれるカウンターと、四人掛《が》けのテーブルが五つある。一樹の席はいつもカウンターだ。高学年になって身長が高くなると、ここにすわることができる。

「いただきまーす。」

手と声をあわせて、さっそくはしをとった。

「うっま。」

「ほんま、うまいわー。」

「お好《この》み焼《や》きを超《こ》えてるで。」

あちこちから称賛《しょうさん》の嵐《あらし》。

「うめさん天才《てんさい》や。」

一樹《かずき》もカウンターの中にいるうめさんに、感動《かんどう》をつたえた。

「労働《ろうどう》のあとやからな〜。」

うめさんは、おでん鍋《なべ》にねりものを入れながらいったが、それは謙遜《けんそん》というものだと一樹は思う。おなかがすいてるからだけでは、このおいしさの説明《せつめい》はつかない。じっさい、うめさんの作るものは、お好み焼きだけではなく、なんだってうまいのだ。とん汁《じる》とか、チャーハンとか、野菜《やさい》いためとか。

「いっぱいあるから、どんどんおかわりしいや。」

美代子《みよこ》さんが、ふくよかな胴体《どうたい》をどんとたたいたときだった。

ガラガラガラ。

店の引《ひ》き戸《ど》があけられた。

「すみませんである。」

子どもの声に一樹《かずき》が視線《しせん》をあげると、ひとりの男子が立っていた。見なれない顔だ。短い髪《かみ》はつんつん立って、花柄《はながら》のシャツにぼろぼろのジーンズをはいている。目はくりっとしていて、なんとなく、さっき見た白い犬を思わせるような感じだ。

「いらっしゃい。はじめての子やね？」

美代子《みよこ》さんがにこにこというと、

「ないで。」

そばにいた彩香《あやか》がすかさず牽制《けんせい》した。

「けちやな、今、いっぱいあるってきいたばっかりやんか。」

一樹が思わずつっこむと、

「やって、仕事してへん人にはないやん。」

彩香は泣《な》きそうな顔で抵抗《ていこう》してきた。

「まあ、まあ、ええやん。食べや。」

美代子さんはさそったが、男子の用事はちがったみたいだった。

「あの、すみません。このチラシ貼《は》ってもらえるであるか？」

手に持っていたチラシの束《たば》から一枚《まい》とって、さしだした。大阪弁《おおさかべん》ではなかった。

「へえ、迷《まよ》い犬《いぬ》。」

チラシを見た美代子《みよこ》さんの声に、一樹《かずき》も思わず反応《はんのう》した。ちょっと前に、犬のことを考えていたからだ。

「おとといの夜からいなくなってしまって、さがしているのである。」

男子がいうのに、

「ええよ、店の入口に貼っといて。ちゃんと貼れるように、これでよごれおとしてからな。」

セロテープといっしょにぞうきんをわたした。

「はい。」

男子はすなおにうなずいて出ていき、チラシを貼るとまたもどってきた。

「あんたおなかすいたら……。」

美代子さんがきいてしまう前に、

「とてもすいているのである。」

男子はくいぎみに答えた。

「ほな、食べていき。」

「やったである。」

はじめてのところにしては遠慮《えんりょ》のないガッツポーズで、男子はよろこびをあらわした。

「あ、仕事もしてひんのに。」

またも彩香《あやか》はケチくさいことをいったが、

「今、ガラスふいたやろ。」

美代子《みよこ》さんはしれっといいながら、一樹《かずき》のとなりにお好《この》み焼《や》きののった皿《さら》をおいた。

「新入《しんい》りやな。」

一樹がいうと、

「よろしくおねがいするである。」

礼儀正《れいぎただ》しくいった。さっきから気になっていたが、みょうな言葉づかいだ。

「おまえそれ、どこの言葉や？　けったいやな。」

一樹《かずき》がたずねたが、

「おれの言葉である。いただきます。」

新入《しんい》りはあっさりかわして、さっそく食べはじめた。

食べっぷりのええやっちゃな。

一樹は思わず見とれてしまったが、ふとカウンターにおかれたチラシに目をやって、

「あっ。」

声をあげた。チラシにうつっていた犬に見おぼえがあったのだ。全体的《ぜんたいてき》に白い巻《ま》き毛《げ》だが、足の部分《ぶぶん》だけ刈《か》りこまれている。

「この犬。」

つづけてさけぶと、新入りは、はしをとめた。

「知ってるのか?」

「ああ、さっき、家の前におったわ。なんや、サーカスの犬やったんかいな。」

チラシには、犬の写真とあわせて、問《と》いあわせ先《さき》ものっていたが、〝ドリーム・サーカス〟と書かれていた。

どうりで。

と一樹《かずき》は思った。それであんなに芸達者《げいたっしゃ》だったわけだ。

「お手とか、おかわりとか、めっちゃうまかってん。」

「いや、いや。」

一樹が鼻息《はないき》をあらげると、新入《しんい》りは首を横にふりながら、大人《おとな》みたいに笑《わら》った。

「リズは玉乗《たまの》りも綱《つな》わたりもできるのだ。一輪車《いちりんしゃ》にだって乗れる。うちの犬の中ではいちばんの芸達者なのだ。」

「一輪車なら、うちも乗れるで。」

はりあってくる彩香《あやか》を無視《むし》して、一樹は首をかしげた。

「リズって名前なんや。シロってよばれてたけどな。」

「え？　もうどこかの飼い犬になっているということであるか？」

「ああ、そうや。」

思いだして一樹はげんなりと顔をしかめた。

「うちのとなりのじじいのとこや。うるさいくそじじいやで。そのじじいがメロメロや。

『シロ～』ってよんどったわ。」

一樹《かずき》は声色《こわいろ》をまねて、舌《した》をだした。

「なんしか順応性《じゅんのうせい》がある犬やね。」

美代子《みよこ》さんは犬をほめたが、

「たしかになあ。」

一樹は納得《なっとく》する。あのくそじじいのふところに入ってしまうとは、最強《さいきょう》の順応性といえよう。

「よかった。では、さっそく行くのである。」

新入《しんい》りは、のこりのお好《この》み焼《や》きをひと思いに口にいれ、もぐもぐしながら立ちあがろうとした。だから一樹は、そでを引っぱった。

「やめとき。」

「どうしてであるか。」

「ひどいとこやで、きっと。」

「ひどいところとは？」

「地獄《じごく》のようなところやねんぞ。たぶん。」

「地獄であるか。」

新入《しんい》りも神妙《しんみょう》な顔をする。

「ああ、おそらく。今はやりのごみ屋敷《やしき》とかかもわからん。」

じじいの家のなかになど入ったことはなかったが、あのじじいならどんなところに住んでいても不思議《ふしぎ》はないような気がした。


午後六時からは、「うめや食堂《しょくどう》」はふつうの食堂にもどる。

お好《この》み焼《や》きを食べてから、自分たちの皿《さら》を洗《あら》い、一樹《かずき》は新入りとつれだって店を出た。だいぶおどしたにもかかわらず、新入りの決意《けつい》は変《か》わらなかったからだ。しかたなく一樹はじじいの家まで案内《あんない》することにした。

新入りの名前は、スズキハルというそうだ。青という字をハルと読むことを、一樹ははじめて知ったけれど、それよりもハルの話してくれた〝ドリーム・サーカス〟の話のほうがずっとめずらしかった。

「〝ドリーム・サーカス〟は、アクロバットとミュージカルをまぜあわせた、エンターテインメントステージなのだ。」

「エンターテインメント？」

「そうである。見る人を異次元《いじげん》の世界《せかい》につれていくようなショーをするのだ。」

綱《つな》わたりとか、空中《くうちゅう》ブランコはもちろん、ブラスバンドやダンサーのダンスなんかを、ミュージカル仕立《じた》てでやるらしい。

一樹《かずき》はそれらを目をかがやかせながらきいた。ハルの話がうまかったおかげで、まるで見ているような気分になったのだ。

「それでいちばんの見どころは、ミスター・ベルのマジックショーである。ちなみにミスター・ベルは、おれの父さんなのだ。」

「おまえの父ちゃん、マジシャンなんか。」

一樹は話にくいついたが、ハルはしずかに首を左右にふった。

「ベルは表《おもて》むき、マジシャンということになっているが、ほんとうは本物の魔法使《まほうつか》いなのだ。」

「へえ、そうかいな。」

さすがにそこはスルーしたけれど、ミスター・ベルがつぎつぎにいろんなものを消すというのにはまた興奮《こうふん》した。くだものから生きものまで、目の前でなんでも消してしまうらしい。USJより楽しいのだろうか。USJには、去年《きょねん》遠足で行ったが、そのまま泊《と》まりこみたいくらいだった。

「いっぺん、見たい。」

いいかけた一樹《かずき》だが、とちゅうで口をとめた。見られないことくらいわかっているのだ。サーカスのチケットはUSJの入場料《にゅうじょうりょう》より安いかどうかは知らないが、自分の家に買えるわけはない。お母さんは、工場とコンビニで一生懸命《いっしょうけんめい》働《はたら》いているけれど、

「どっちもパートやから、きつい。」

らしい。

「見たいなあ」といいかけてやめた言葉をのみこんで、一樹はちがう言葉にした。

「あそこやで。」

小さく見えてきたくそじじいの家を、指さした。

「よかった。おかげで公演《こうえん》にも間《ま》にあうのである。」

ハルは安心したようだ。

〝ドリーム・サーカス〟の公演は三日後からで、今は海沿《うみぞ》いのあき地《ち》にテントを建設中《けんせつちゅう》らしい。

ハルをじじいの家の前までつれていき、

「ほなら、おれはここで。」

一樹《かずき》はさっさと立ちさろうとした。こんなところに長居《ながい》は無用《むよう》だ。が、行きかけた一樹のTシャツのすそが引っぱられた。

「なんや？」

「ついてきてくれないか。」

ハルはまゆをさげていった。

「ひとりで行けや。」

「いや、だってひどいとこなのであろう？　地獄《じごく》みたいなごみやしきなのであろう？　いっしょに行ってくれ。おねがいである。」

ちょっとおどかしすぎたのか、ハルは真顔《まがお》ですがってきた。

「……しゃあないな。」

やや考えて、一樹《かずき》は答えた。じじいと顔をあわすのは、ぜんぜん気がすすまなかったけど、むやみにおどかしてしまった責任《せきにん》はちょっと感じた。それに、もう一度あの犬と遊びたかったのだ。

一樹はじじいの家の呼《よ》び鈴《りん》をおし、すぐさまハルのうしろにかくれた。

ジジーッ。

じじいにぴったりのへしゃげたような音が鳴る。

しばらくすると、玄関《げんかん》のむこうから足音が近づいてきた。

「だれや、こんな時分《じぶん》に。」

ぶつぶついう声もする。

「こ、こんばんは、である。」

ハルがこわごわとした感じでいったとたん、戸《と》があいて、じじいが顔をのぞかせた。

「なんや、おまえか。」

ハルのうしろにかくれていたのに、さっそくみつかってしまい、一樹《かずき》は肩《かた》をすくめる。

「なんだ、ごみやしきではないのだ。」

一方《いっぽう》のハルは安心したようにいった。

「ごみやしき?」

「いえ。こっちのことです。」

一樹は顔の前で手をふった。はじめて見たじじいの家の中は、ちらかってはなかった。むしろ、きれいに整理整頓《せいりせいとん》されている。

「あの、この犬をさがしているのであるが。」

ハルは、チラシをさしだした。

「うっ、むう。」

それを見たじじいは、みょうな具合《ぐあい》になった。

「ここにいるときいたのである。」

「し、知らんぞ。」

たずねたハルに、じじいは声をうわずらせた。しらばっくれたことはあきらかだった。

つぎの瞬間《しゅんかん》、さっと廊下《ろうか》の後をよこぎった影《かげ》を、一樹《かずき》は見のがさなかったからだ。

「あ、おったで。」

一樹の声に反応《はんのう》したのか、いったんよこぎった犬がまた、顔をのぞかせた。

「おお、リズ、よかったである。」

ハルもみつけて手まねきをした。が、なぜか犬は身動《みうご》きもしない。ハルのことは見ているが、じっとしている。それどころか、「いやいや」と首をふるようなしぐさまで見せた。

「ほら、いやがっとるわ。犬まちがいやないかな。だいいち、あれはリズやない。シロや。なあ、シロ。」

じじいがふりかえって、手招《てまね》きすると、犬はしっぽをふりながらとことこやってきた。

そしてじじいの足にすりよった。

「ほほう。」

じじいは満足《まんぞく》そうに笑《わら》った。

「ほら見てみいや。これはシロや。リズなんかやない。」

勝ちほこったようにいうじじいの足もとで、犬は、ちらっとハルを見て、ぷいっと顔をそむけた。


犬がじじいのそばをはなれようとしないので、しかたなくふたりは家を出た。

「犬まちがいやったんかなあ。」

一樹《かずき》がいうと、ハルは首をきっぱりとふった。

「いや、まちがいなくリズだった。」

「だってあんなになついとったで。」

あんなくそじじいになつくのだから、昨日今日《きのうきょう》の付《つ》き合《あ》いではないのではないか、と一樹は思ったが、ハルはやっぱり首をふる。

「ちがう。あれはリズがボイコットをしてるのだ。」

「ボイコット？」

「ああ、仕事にいやけがさして、抗議《こうぎ》しているのだ。」

「犬がそんなことするか？」

「リズはそんじょそこらの犬じゃないのである。魔法使《まほうつか》いの犬であるからな。」

「魔法使いって。」

さすがに一樹《かずき》はつっこんだが、ハルは真剣《しんけん》な顔のままだ。

「ああ。リズができるのは、綱《つな》わたりや一輪車《いちりんしゃ》のりだけではないのである。さっきはいわなかったが、消えることもできるのだ。」

「ああ、マジックのことな。」

念《ねん》をおす。サーカス団《だん》の犬だ。マジックショーにも出るのだろうと、一樹は理解《りかい》した。

ハルはちょっと不服《ふふく》そうな顔をしたが、それ以上《いじょう》はなにもいわなかった。

そんなことより気になるのは犬らしい。

「まずいのである。公演《こうえん》までになんとかつれもどさなければならないのに。」

頭をかかえた。

「リズがいないと、話にならないのだ。どうにかならないだろうか。きみは、あのおじいさんの知り合いなのだろう？　かえしてくれるようにたのんでくれないか。」

ハルは両手をあわせた。が、一樹にしたってどうにもならない話だ。

「そりゃむりや。」

くそじじいは、天敵《てんてき》といってよい。顔を見ればいちゃもんをつけてくる相手《あいて》に、わざわざ関《かか》わりあいをもちたくなんかなかった。

が、さっさと立ちさろうとする一樹《かずき》のTシャツをハルはまた引っぱった。

「ただでとはいわない。」

「へ？」

その言葉に、一樹はちょっと足をとめた。

「対価《たいか》があるんか？」

対価というのは、うめさんから教わった言葉だ。世《よ》の中《なか》には、〝ただ〟のものは存在《そんざい》しなくて、なにかをもらおうとするならば、かならずそれと同じだけのなにかを出さなければならないことになっている、らしい。物には値段《ねだん》がついているし、働《はたら》いた分《ぶん》だけお金《かね》をもらえる。お金や物では支払《しはら》えないようなことをしてもらったら、その分感謝《かんしゃ》をしたり、できることでがんばったりして、なんらかのおかえしをしなければならない。それもしくれた人にかえせないときは、ほかの人やつぎの世代《せだい》の人にかえしてもよい。それが世《よ》の中《なか》の仕組《しく》みだそうだ。

「ただより高いもんはないんやで〜。」

うめさんの口ぐせだ。

だからうめや食堂《しょくどう》で夕《ゆう》ごはんを食べさせてもらうのも、おてつだいの対価《たいか》なのだ。

ハルも対価というむずかしい言葉を知っていたようだ。

「〝ドリーム・サーカス〟の優待券《ゆうたいけん》でどうだ。」

と、もちかけてきた。

「優待？　あのちょっと安くなるやつやな。あかん。招待券《しょうたいけん》にしてくれ。」

一樹《かずき》が交渉《こうしょう》すると、

「うーん。」

ハルは腕《うで》を組んで首をかしげた。

「だって、あの犬がおらんことにはサーカスはできひんのやろ。」

弱みを攻《せ》めてみた。

「……そうであるな。では、招待券で。」

ハルが首をたてにふったところで、一樹《かずき》はもう一歩ふみこんだ。

「二枚《まい》。」

「う、しかたない。」

「よし、のった。」

交渉成立《こうしょうせいりつ》。二枚もらったら、お母さんといっしょに行こう。一樹はにんまり笑《わら》った。

その晩《ばん》、お母さんの帰りをまちながら、一樹は作戦《さくせん》を考えた。じじいのところから犬をとりもどすには、どうしたらいいだろう。

「ただいま。」

考えていたところに、お母さんが帰ってきた。お母さんは買ってきたお弁当《べんとう》をちゃぶ台の上においた。

「おなかすいてない？　これ食べてええよ。」

すすめてくれたのり弁《べん》に、一樹は首を横にふった。

「ううん。きょうはうめさんとこで食べたから。」

「そうか、ありがたいなあ。」

お弁当《べんとう》とうめさんに感謝《かんしゃ》するように手をあわせて、食べはじめた。が、すぐに、

「はーっ。」

と、ため息をついた。

「どうしたん？」

「うん、じつは昼間の工場変《か》わろうかと思てんねん。」

たずねた一樹《かずき》に母さんは答えた。

「きょうな。先月、ちがう工場にうつった斉藤《さいとう》さんから『いっしょに働《はたら》こう』ってさそわれてん。同じくらいの仕事で、お給料《きゅうりょう》がちょっとよくなるらしいわ。」

「ほなら、そっちのほうがええんやないか。」

一樹はすなおな感想《かんそう》をのべた。

「そやな。ほんなら、ちょっと考えてみようかな。」

お母さんはちくわの天ぷらをゆっくりとかじったが、

「それや！」

思わず一樹《かずき》は声をあげた。

「どれや？」

「いや。やっぱ、それくれる？」

一樹はちくわの天ぷらをゆびさした。


つぎの日、学校から帰った一樹が準備万端《じゅんびばんたん》でアパートの前でまっていると、ハルは走ってやってきた。きのうの夜、約束《やくそく》をしていたのだ。ハルが通っているのはとなりの小学校だ。

「では、約束のものだ。」

ハルはにぎっていたものをさしだした。

「お、それは。」

「〝ドリーム・サーカス〟の招待券《しょうたいけん》である。」

「わお。」

チケットは、紙でできているにもかかわらず、ひかりかがやいて見えた。

「ははあ。」

一樹《かずき》はチケットを捧《ささ》げもつようにうけとって、頭をさげた。そうして、大事《だいじ》にジーンズのおしりのポケットにさしこんだあと、持っていたレジ袋《ぶくろ》をハルの目の前に突《つ》きだした。

「おれはこれを持ってきたで。えさや。」

やってきたハルに、一樹はさっそくいった。

「えさ?」

「ああ。あの犬は、おそらくじじいのところでおいしいえさをもろうとるんやろ。サーカスで食べてたのよりも、もっとな。」

「そう、なのだろうか。」

ハルは考えるように首をかしげた。

「まちがいない。じじいは、めっちゃおいしいやつをやっとるはずや。だから、こっちも準備《じゅんび》した。」

「それは、なんだ?」

「ちくわの天ぷらや。」

一樹《かずき》はいった。夕べもらった、のり弁《べん》のおかずだ。

「いや、夕べな、おかんの話をきいてぴんときたんやけどな。」

一樹は、自分の母親が新しい職場《しょくば》にさそわれて迷《まよ》っていたことを話した。

「犬かて同じやろ。えさがいいほうがええに決まってる。きのうはなにも持っていかんやったからわるかったんや。とりあえずこれで引きよせてみよう。」

「うーん。」

ハルはあまり乗《の》り気《き》ではないみたいだったが、一樹はさっさと先導《せんどう》した。ジーンズのおしりのポケットにさしこんだチケットが、ぐいぐいとおしているようだった。

ジジーッ。

呼《よ》び鈴《りん》をおす。しばらくすると、じじいが出てきた。一樹とハルのふたりの姿《すがた》を見ると、ちょっとうんざりしたような顔をした。

「なんや、またおまえたちか。犬まちがいやということは、きのうわかったやないか。」

「あの犬、もう一度見せてもらえますか。」

一樹《かずき》はたのんだが、じじいは首を横にふった。

「なんど見てもおんなじや。帰った、帰った、帰った。」

「もう一回だけでいいのである。」

ハルもおがみたおすように、両手をあわせたとき、
トコ、トコ、トコ。

廊下《ろうか》のむこうからかるい足音がした。

「あ、リズ。」

ハルがよびかけると、犬はとちゅうで足をとめ、じいっとハルを見た。なにかをたしかめるみたいな表情《ひょうじょう》だ。

まるで人間みたいやな。

一樹はそれまで、動物の表情なんか、気にしたこともなかったが、犬っていうのは、こんなに気持ちを顔にあらわすものだろうかとびっくりしてしまう。そういえばきのうもそうだった。むかえにきたハルに、ぷいっとそっぽをむいた顔からは、

「あまく見るんじゃないわよ。」

ときこえてきそうだったし、一樹《かずき》相手《あいて》に「お手」や「おかわり」をしているときは、「こんなちょろいこと、やってられないわ。」

とでもいいたそうな顔をしていた。

こいつほんとうに魔法使《まほうつか》いの犬なんやないか。

ハルの言《い》い分《ぶん》を、つい、信《しん》じてしまいそうなほどだ。

ともかく一樹《かずき》はひざを曲《ま》げ、アルミホイルの中身《なかみ》をさしだしてみる。

「ほら、えさやで。うまいぞ。」

さらにもちあげて、ぷるぷるとふった。と、
トコ、トコ、トコ。

犬はちくわ天めがけてやってきた。

よし。

一樹はもう片方《かたほう》の手でこぶしをにぎったが、犬はすこしちくわをかいでたしかめただけで、またぷいっと顔をそむけ、じじいの足にまとわりついた。

「へへん。シロはそんなもん食《く》わへんわ。うちにきてからずっと、最高級《さいこうきゅう》のドッグフー

ドを食べてるんやからな。」

じじいは得意満面《とくいまんめん》の顔で、犬をだきあげ、

「なー、シロちゃん。」

と、犬に顔をこすりつけた。

「ちっ、負けた。」

一樹《かずき》は舌《した》うちをする。

「さ、あんなもんやなくて、うまいごはん食べようなー。」

じじいがねこなで声でいうと、犬も犬のくせに、

「にゃー。」

と返事《へんじ》をした。「そうねー」といっているみたいだ。

「リズ、父さんが、さみしがっている。」

だが、もう一度ハルがよびかけたときだった。

「……くう。」

じじいにだかれていた犬は、ふりかえって、すこし考えるように首をかしげた。が、

そのとたん、

「ほら、帰った、帰った。」

じじいからじゃけんに追いはらわれた。

ハルはそのまま、一樹《かずき》の家にやってきた。ふたりで作戦会議《さくせんかいぎ》をするためだ。

「ちくわじゃあかんのやな。ぜいたくなやっちゃ。あんまりぜいたくに育てたらあかんで。」

一樹が指導《しどう》をこめていった文句《もんく》に、ハルはうなずかなかった。

「いや。だからそんな問題じゃないのだ。リズがやってるのは、ボイコットなのだから。気持ちの問題なのだ。」

「気持ちって、犬やん……。」

いいかけた一樹も言葉を引っこめる。不思議《ふしぎ》な犬であることはたしかだった。犬とひとくくりにできない特別《とくべつ》ななにかをもっている。

「たしかに、めっちゃかしこいもんな。」

そこはみとめなければならない。

「実際《じっさい》リズには負担《ふたん》をかけすぎたって、父さんもいっているのだ。」

ハルはしずんだ声でいった。

「リズは〝ドリーム・サーカス〟の看板《かんばん》スターなのだ。小さいけれど、ゾウや熊《くま》よりもずっとすごい。芸《げい》はすぐにおぼえるし、忘《わす》れない。それどころか、どんどん新しい芸をおぼえたがる。それでお客さんがよろこべば、とてもうれしそうだった。だから、父さんはつぎつぎにむずかしい芸や新しい技《わざ》を教えていったのだ。でも。」

ハルはすこしだけ顔をあげる。

「リズには、お客さんよりもよろこんでほしかった人がいたのだ。」

「だれやねん、それ。」

「父さん。」

「おまえの父さんやって、よろこんどったやろう。」

一樹《かずき》がいうと、ハルはまた下をむいた。

「うん。でもちょっとよろこび方が変《か》わってきていたかもしれないのだ。というか、父さんがそういったのだ。」

「変《か》わった？」

「うん。やってあたりまえみたいになっていたのである。それどころか、もっとやれみたいな態度《たいど》をとっていたと父さんはいった。そういうのがおもしろくなかったのだろうといっていた。」

「それで逃《に》げだしたんか？　ほんま人間みたいやな。」

「ほんとうは、リズにはものすごく感謝《かんしゃ》しているのだ。」

ハルがいったときだった。

「ただいまー。あれ、お友達《ともだち》がきてはったん？」

お母さんが帰ってきた。

「うん。ハルやで。」

一樹《かずき》はハルを紹介《しょうかい》した。

「ちょうどよかったわ。ごはん食べていき。工場の奥《おく》さんからいっぱいもらったんや。」

お母さんは、大きなタッパーをどんどん出した。中には、ごちそうがいっぱい詰《つ》まっていた。赤飯《せきはん》や、煮物《にもの》や唐揚《からあ》げやグラタン。それからまるごとの大きなエビまであった。

「どないしたん、これ。」

「うん。社長さんの娘《むすめ》さんのところに赤ちゃんが生まれはってんて。それで、従業員《じゅうぎょういん》にもふるまってくれてん。うちら、お祝《いわ》いもしてへんのに、家族みたいなもんやからって。」

「すごい。クラウンホテルの仕出《しだ》しやんか。」

一樹《かずき》は料理《りょうり》にそえられていた割《わ》りばしの袋《ふくろ》を目ざとくみつけた。さっそくごちそうに手をのばす。

「うまい。さすがはクラウンホテルやな。」

「ホテルもすごいけど、この気持ちがうれしいやんか。」

お母さんは、こまったような顔をつくったけれど、

「こんなことされたら、ほかのとこになんか変《か》われへんわ。」

うれしそうだった。

それから三人で、おいしいごはんをおなかいっぱい食べた。

食事をおえて、お母さんはコンビニのバイトに行ったので、一樹《かずき》はもう一度じじいをたずねることにした。ひとりで、だ。

どうしてひとりで行くことになったかというと、ハルが部屋《へや》で寝《ね》てしまったからだった。

ごはんを食べたハルは、その場でうとうとしはじめた。

「寝るなよ。じじいのところに行くぞ。」

一樹は立ちあがって声をかけたが、

「とりかえしてきてくれである〜。」

バターがとろけるような声をのこして、畳《たたみ》の上にくずれおちてしまった。

「なにいっとんねん。おきろや。」

一樹はゆりおこしてみたけれど、ハルはびくともしなかった。

「つかれてんねやわ。寝せといてやり。」

母さんがそういったので、

「しゃあないな。」

一樹《かずき》もいったんは腰《こし》をおろした。と、そのとき、おしりのあたりがもぞっとした。

〝ドリーム・サーカス〟のチケットを入れたままにしていたからだ。

対価《たいか》……。

ふと、言葉がよぎった。けれども一樹《かずき》は首を横にふった。めんどうくさかったのだ。だいいちハルが寝《ね》ているのに、ひとりで行くことはない。だが、

「きょうはやめとこ。」

畳《たたみ》にころがったとたん、

「わーっ。」

さけんでとびおきた。おしりにするどい痛《いた》みが走ったのだ。かみつかれたみたいだった。

魔法《まほう》のチケットか？

一瞬怖《いっしゅんこわ》くなってしまったほどだったが、さいわい痛みはすぐに消えた。が、こんどは耳の奥《おく》からうめさんの声がきこえてきた。

「ただより高いもんはないで～。」

声のほうは、なかなか消えなかった。しかたなく一樹は立ちあがってやってきたのだった。

ジジジーッ。

ブザーを鳴らすと、こんどはかるい足音がした。

トコトコトコ。

ごくり、とつばを飲みこむ。

ガラス戸《ど》のむこうに、小さな影《かげ》があった。ぼんやりとしたシルエットは、小首をかしげて、こちらをうかがっているようだった。

「リズ、ハルの使いのもんや。ハルがさみしがってる。ハルだけやない。ハルのお父さんもや。おまえにはめっちゃ、感謝《かんしゃ》してるそうや。」

ハルはシルエットにむかって話しかけた。

「……クウ。」

小さな声は、なんだか「ほんとう？」とでもいっているみたいだった。すると、

「こらこら、シロ。こんな夜分《やぶん》にくるやつの相手《あいて》なんかすることないで。」

じじいの声が奥《おく》のほうからきこえた。廊下《ろうか》のむこうからさけんでいるらしい。どうやらたずねてきたのがだれか、わかっているみたいだ。

「どうせ、アパートの非常識《ひじょうしき》なやつやろ。ごみだしのマナーもわからんやつやからな。」

いやみったらしい言い方をする。

「すみません、あけてください。」

その声にむかって、一樹《かずき》は声をはりあげた。できるだけ、ていねいにいったつもりだ。

と、そのとたん、

「キャンキャンキャン。」

犬がけたたましくほえはじめた。

「これ、シロ。しずかにしなさい。」

じじいの足音が近づいてきたが、

「キャンキャンキャン。」

犬はほえるのをやめなかった。

「キャンキャンキャン。」

一生懸命《いっしょうけんめい》にうったえる一樹に、返事《へんじ》をしているみたいだった。

「シロ、どうしたんや。これっ。」

じじいのシルエットがかがみこんだ。だきあげようとしているみたいだったが、犬はするりと逃《に》げだして、たたきにとびおりると、つぎの瞬間《しゅんかん》ジャンプした。

ガチャリ。

玄関《げんかん》のカギがはずれた。すかさず一樹《かずき》が戸《と》をあけると、犬はジャンプで腕《うで》の中にとびこんできた。一樹はぎゅっと犬をだきしめる。

「シロ、ちがうやろ。おまえはうちの犬やろ。」

じじいがひきとめると、犬はちらっとじじいを見た。そしてちょっとだけ頭をさげた。

「お世話《せわ》になりました」とでもいっているみたいだった。

「帰るんか。」

じじいがすんと鼻を鳴らすと、犬は、

「キャン。」

と、こんどはうれしそうな声をあげた。しっぽをぶんぶんふっている。

「しゃあないいな。」

あんまりうれしそうなので、じじいもあきらめたのか、ぷいっと背中《せなか》をむけた。そ

して、

「ふん、恩知《おんし》らずが。」

と、悪態《あくたい》をついた。

「やっぱり非常識《ひじょうしき》なやつらの犬や。」

ぷんぷん怒《おこ》りながら、廊下《ろうか》のむこうへ歩いていった。

「お世話《せわ》になりました。これからごみだしは時間内《じかんない》にします。」

そのうしろ姿《すがた》にむかって、一樹《かずき》は犬をだいたまま、深く頭をさげた。


〝ドリーム・サーカス〟の公演初日《こうえんしょにち》。一樹は、お母さんとふたりで、開場をまつ列にならんでいた。

「サーカスなんて、はじめてやわ。」

お母さんもとなりでわくわくしている。

「めっちゃ楽しいねんて。」

一樹も昨夜《さくや》はあんまり眠《ねむ》れなかった。ＵＳＪへの遠足の前の日よりも、ずっと楽しみだった。

開場時間になった。ふんわりふくらんだ巨大《きょだい》なお好《この》み焼《や》きみたいなテントの入口がひらかれると、大勢《おおぜい》のお客さんが、なだれのように入りこんだ。一樹《かずき》もお母さんといっしょに席《せき》をさがす。ぎゅうづめのお客さんにもみくちゃにされながら、

「あったで、ここや。」

一樹は自分たちの座席《ざせき》をみつけてすわりかけたが、

「わっ。」

同時に思わずとびあがった。となりの席にじじいがいたのだ。

「なんや、おまえもかいな。」

じじいはいったが、いつもみたいに声にとげはなかった。なんだか優《やさ》しい目をしている。

「あ、はい。」

だから一樹も、ちょっとすなおにうなずいてしまった。

「三日間のお礼《れい》に、招待券《しょうたいけん》をもろたんや。きょうは、シロの晴《は》れ舞台《ぶたい》や。」

じじいもにこにこしていたが、一樹《かずき》はなるべく体をはなしてすわった。

やがて、会場が暗くなり、

「レディス エンド ジェントルマン！ おまたせしました。さあ、〝ドリーム・サーカス〟のはじまりです！」

はずむような声とともに、花火がステージの中央《ちゅうおう》からあがった。そして、音楽が高らかに鳴りひびき、たくさんの出演者《しゅつえんしゃ》たちがステージに入ってきた。

ブラスバンド、ダンサー、ピエロ、動物たち……。

「お、シロや。」

じじいの声にたしかめると、あの犬もいた。ピンクの大きなリボンをつけて、二足歩《にそくほ》行《こう》で、ちょこちょこ歩いている。

「シロや、シロ。」

じじいはすこし涙《なみだ》ぐんでいるみたいだ。なんとなく一樹はいすにすわりなおす。

ふたりのあいだは、すこしだけ近くなった。

千《ち》葉《ば》

佐藤光希《さとうこうき》が学校へ行くと、自分の席《せき》の真《ま》むかいに新しい机《つくえ》といすが増《ふ》えていた。

「転校生《てんこうせい》らしいぜ。」

教えてくれたのは、左どなりの中山優介《なかやまゆうすけ》だ。光希のクラスでは、教壇《きょうだん》をかなめにして、扇形《おうぎがた》に机がならんでいる。クラスの人数は、三十八人。

この学校に転校してきたとき、クラスが五組まであるのにびっくりした光希だが、教室に入ってさらに人の多さにびくついた。前の学校では、どの学年もクラスはふたつで、しかも一クラス、三十人足《た》らずだったからだ。しかも光希が教室に入ったとたん、三十七人の目がいっせいにあつまって、息がとまりそうになった。

千葉《ちば》の小学校に転校してきて二年。三年生だった光希は、六年生になっていた。

となりに出現《しゅつげん》した、真新《まあたら》しい机をながめていると、優介がいった。

「その転校生の父さんさ、〝ドリーム・サーカス〟のマジシャンらしいぜ。」

光希の胸《むね》はどきんとした。

「ドリーム・サーカス。」

おうむがえしにくりかえす。その名前は知っている。いや、知っているというよりも、記憶《きおく》に強く焼《や》きついていた。

するとき、前の席《せき》の、野島大輔《のじまだいすけ》がふりかえって話に加わってきた。

「まじ？　ラスベガスとか、ドバイでも大評判《だいひょうばん》だったやつだろ？」

「わたしも知ってる。すごいエンターテインメントだよね。ネットでも話題《わだい》だよ。」

そのとなりの山本夏菜《やまもとなつな》も、目をかがやかせてふりかえった。

ふたりがいうように、〝ドリーム・サーカス〟は、世界的《せかいてき》にも有名《ゆうめい》なサーカス団《だん》だ。去年《きょねん》の春から国内で公演《こうえん》ツアーがおこなわれていて、今はその真《ま》っ最中《さいちゅう》らしい。ネット上でかわされる感想《かんそう》によれば、どこの公演《こうえん》も大盛況《だいせいきょう》だったようだ。

〝ドリーム・サーカス〟を光希《こうき》が見たのは、小学校二年生のころだった。千葉《ちば》に引《ひ》っ越《こ》してくる前だ。お母さんといっしょに行った。そのころの記憶《きおく》はあいまいなことが多いが、サーカスのことだけは、はっきりとおぼえている。お母さんも同じだったらしい。最近《さいきん》はじまったテレビCMを見て声をはずませた。

「なつかしいわね。行ってみようか、光希。」

なつかしいという言葉を、どううけとっていいかわからなかった光希《こうき》は、即座《そくざ》に返事《へんじ》をすることができなかった。だが、お母さんの顔には、くもったものがいっさいなくて、というよりむしろ楽しげで、光希もついうなずいてしまった。

そんな〝ドリーム・サーカス〟の関係者《かんけいしゃ》が自分の学校にやってくるという。先ほどから、光希は自分の胸《むね》の鼓動《こどう》がはげしくなっているのを感じていた。

あいつだろうか。

光希が記憶《きおく》のすみに、かすかにひっかかっている顔を必死《ひっし》で思いだそうとしていると、廊下《ろうか》を歩く人影《ひとかげ》が、ガラス戸《ど》にうつった。

教室のみんなは、期待《きたい》にみちた顔でまちうけるなか、担任《たんにん》の先生は見知《みし》らぬ男子をつれて入ってきた。

バラの花模様《はなもよう》の白いシャツにダメージジーンズ。かたそうな髪《かみ》の毛《け》は、ジェルでかためているわけでもないのに、上をむいていて、目鼻立《めはなだ》ちのはっきりした男子が、教壇《きょうだん》のわきに立っていた。

うっすらと、記憶《きおく》のふちがうずいたみたいな気がしたが、うまく思いだせなかった。

やっぱりあのころの思い出は、うすらぼんやりしている。

それでもなお、光希《こうき》が目をこらしたときだった。

「おれの名前は、スズキハルである。よろしくどーん！」

男子はそうやって、パーンと手からなにかを投《な》げた。たちまち包囲網《ほういもう》のようなテープが教室にひろがって、歓声《かんせい》がはじけた。

「やったー。」

「さっすがー。」

「いえーぃ。」

期待《きたい》どおりのことをされて、大盛《おおも》りあがりになったところに、

「どーんっ！」

転校生《てんこうせい》は左手からもう一つテープを投げた。

「どわー。」

「ひぇーい。」

教室はいっそうわきかえった。こんどは期待以上《いじょう》のことがおこって、興奮《こうふん》が爆裂《ばくれつ》した

みたいだ。不思議《ふしぎ》なことにテープはすぐに消えて、それがさらにさわぎを大きくした。

「鈴木《すずき》くん、だめだよ。テープは一個《こ》だけっていうから許可《きょか》したのに。」

安田《やすだ》先生の注意《ちゅうい》に、転校生《てんこうせい》は後頭《うしろあたま》をかいた。

「すみません。ここはディズニーランドが近いから、つい負《ま》けん気《き》が出てしまったのだ。」

ばつがわるそうにいう顔に、胸《むね》はさらにはげしくはねた。なんとなく、なにかがよみがえってきそうな予感《よかん》がした。

やっぱり、あいつかな。

けれども光希《こうき》は小さく首をふった。思いだす前に、記憶《きおく》がさっきのテープみたいに、すーっと消えてしまったのだ。

あのときのことを思いだそうとすると、光希の頭の中はいつもこうなる。白っぽくなって、ぼんやりしてしまうのだ。

気がつくと教室は、しずかになっていて、転校生は光希のむかい側《がわ》の席《せき》にすわっていた。

黒板には、転校生《てんこうせい》の名前がのこされていた。

鈴木青

スズキハル

と読《よ》み仮名《がな》がついている名前におぼえはなかったが、じっと見ていると、チョークの字がまた、白っぽくかすんだ。先生が黒板消しで消したからだ。名前は光希《こうき》の頭の中みたいに消されてしまった。

光希が千葉県《ちばけん》に引《ひ》っ越《こ》してきたのは、二〇一三年の春のことだった。東北《とうほく》をおそった大地震《おおじしん》から二年がたってからのことだ。

光希は、宮城県《みやぎけん》の海辺《うみべ》の街《まち》で生まれ育った。見わたすかぎりの平地《へいち》では、農作物《のうさくぶつ》が豊《ゆた》かに育ち、いくつかある漁港《ぎょこう》には、海の恵《めぐ》みがふんだんにあがった。遠浅《とおあさ》の海の色はゆるやかに深まり、視界《しかい》の果《は》てで空とつながっていた。

広大な田畑と、すんなりひろがる海の風景《ふうけい》をながめながら、光希は家族や友達《ともだち》と、おだやかにすごしていた。あの日、突然《とつぜん》、大地《だいち》がはげしくふるえ、海が空を飲みこむようにせりあがるまでは。

二〇一一年、三月十一日。午後二時四十六分。

光希《こうき》にとって、その日の朝は、いつもどおりの寒い朝だった。朝七時にお母さんからおこされて、両親といっしょに朝食をとった。目玉焼《めだまや》きにソーセージ、みそ汁《しる》、納豆《なっとう》……。よくおぼえていないが、おそらくそんなところだっただろう。ただひとつしっかりおぼえていたことは、テーブルにリンゴがおいてあったことだ。皮《かわ》がむかれていない真《ま》っ赤《か》なリンゴ。

「リンゴむいて。」

食べたかった光希は、そう母にたのんだが、いそがしかったらしく、かえってきたのは、

「おやつにね。」

という返事《へんじ》だった。その後どんな会話があったのか、とか、どんなふうに家を出て学校に行ったのかなどは、おぼえていない。もっともその日にかぎらず、親子三人の朝食のようすや通学路《つうがくろ》の思い出は、よほど印象的《いんしょうてき》だったこと以外《いがい》にはない。だからあのリンゴ

の鮮烈《せんれつ》な赤い色をおぼえていることのほうが、不思議《ふしぎ》にすら思える。

祖父《そふ》といっしょに港《みなと》の近くで缶詰工場《かんづめこうじょう》をいとなむ父親と、それをてつだう母親。光希《こうき》は両親と三人で、川沿《かわぞ》いの一戸建《いっこだ》てに住んでいた。

小学校一年生だった。ほぼ一年間かよった小学校は、住宅地《じゅうたくち》をぬけたところにあった。その日の光希の記憶《きおく》らしい記憶は、小学校から帰ってきたところからはじまる。家にはいつもいる母親がいなくて、不安《ふあん》に思ったところに、せっぱつまった顔の母親がとびこんできた。

「光希、早くっ。」

さけぶ母親に手を引っぱられて、光希は母の軽自動車《けいじどうしゃ》に乗った。どこをどう走ったのか、ついたところは高台《たかだい》だった。

けれどもそこから見た景色《けしき》を、光希はおぼえていない。思いだそうとすると、頭がぼうっと白くなる。影絵《かげえ》みたいなのだ。うすいスクリーンが光希の記憶をつつんでいて、水の中でさがしものをするようにもどかしい。

車が流されたり、家が波《なみ》に飲みこまれたり、川がふくれあがったり……。

それなのに、光希《こうき》があの日の景色《けしき》を知っているのは、そのあとにテレビの映像《えいぞう》がなんどもくりかえされたからだ。

ひとつだけ、自分の記憶《きおく》として、はっきりと思いだせることがある。なにもかもがぼんやりとしていたあの高台《たかだい》で、光希の視界《しかい》に一瞬《いっしゅん》色がもどってきたのは、母が、

「家が流された。」

と、いったときだった。

スクリーンをやぶるように目にとびこんできたのは、赤い色だった。リンゴ。ぷかぷかと海に浮《う》く、真《ま》っ赤《か》なリンゴがはっきり見えた。

朝、食べそこねた赤いリンゴが流れていったのだと思った。あとから考えてみても、そんなはずはないのに、たしかに小さな赤いリンゴが流されていったのだった。

お父さんが亡《な》くなったのがわかったのは、津波《つなみ》から二週間がたったころだった。

なにがどうしてどうなったのか、光希には、いまだによくわからない。記憶がぼやけているせいか、お父さんはある日突然《とつぜん》、街《まち》といっしょに消えてしまったみたいに思えている。

「ウサギ出してよ。」

「ハト出してよ。」

休み時間になると、転校生《てんこうせい》、スズキハルはみんなにとりかこまれた。たいていの転校生は、大きな興味《きょうみ》と関心《かんしん》をもってむかえられる。未知《みち》なる存在《そんざい》というのは、それだけで刺激的《しげきてき》なのに、ハルは有名《ゆうめい》なサーカス団《だん》の関係者《かんけいしゃ》とあって、特別《とくべつ》な盛《も》りあがりを見せていた。

特別といえば、二年前、光希《こうき》が転校してきたときもそうだった。優《やさ》しさといたわりの気持ちをもってむかえられ、ずいぶん気にかけてもらった。

はじめての転校だった光希には、それがとてもうれしかったのだが、はずかしがり屋《や》の性格《せいかく》もてつだって、なかなかうちとけることができなかった。やっと友達《ともだち》らしき人ができたのは、半年くらいたったころだ。

なのにハルはすでに溶《と》けこんでいる。みんなにかこまれていても、自然《しぜん》な笑顔《えがお》だ。慣《な》れているせいだろうか。転校生というよりも、ただのクラスの人気者《にんきもの》という感じだ。

その笑顔《えがお》にさそわれるみたいに、光希《こうき》は席《せき》を立ちあがる。そろそろとそばに近よってみた。さっきからじっとハルの顔を見ていたのだが、確信《かくしん》がもてない。もうちょっと近づいたら、思いだせるかもしれないと思ったのだ。

ハルとは以前《いぜん》会ったことがある気がしていた。

ハルはみんなのリクエストに応《こた》えて、手品《てじな》を披露《ひろう》していた。

「まだ動物なんかはむりなのだが。」

いうやいなや、手の中からぱっとバラの花を出した。

「すげっ。」

「いえーっ。」

みんな大よろこびだ。

「さすがはマジシャンの息子《むすこ》、ちゃんとしこんでるね。ぬかりはないですね。」

優介《ゆうすけ》がちゃかすようにほめると、ハルはまじめな顔で首をふった。

「マジシャンの息子ではない。うちの父さんは、本物の魔法使《まほうつか》いなのだ。」

そのひとことで、光希は確信《かくしん》をもった。

「仙台《せんだい》にきたことあるよね？」

たずねてみると、

「行ったである。」

ハルはこくりとうなずいた。

「きみのお父さんって、ほんとうに魔法使《まほうつか》いだよね。」

光希《こうき》がひと思いにいうと、

「そうなのだ。」

ハルは、光希の確認《かくにん》をがしんとうけとめるみたいに胸《むね》をはった。


あの時期《じき》、東北《とうほく》の被災地《ひさいち》には、日本やほかの国からたくさんの人がやってきた。行方《ゆくえ》不明《ふめい》の人をさがす自衛隊員《じえいたいいん》や消防隊員《しょうぼうたいいん》、警察官《けいさつかん》。けがや病気《びょうき》の人の救護《きゅうご》にあたる医療関《いりょうかん》係者《けいしゃ》。そしてさらに大人数あつまったのが、一般《いっぱん》のボランティアの人たちだった。がれきを撤去《てっきょ》してくれたり、支援物資《しえんぶっし》の分配《ぶんぱい》や、炊《た》き出《だ》しのてつだいをしてくれた。避難所《ひなんじょ》で生活する幼《おさな》い光希たちと遊んでくれる人もいた。

すこしおちついてからは、アーティストやアイドルやお笑《わら》いタレントたちがやってきた。ひらかれた応援《おうえん》ライブに、光希《こうき》も祖父母《そふぼ》や母といっしょに行ったことがある。ふだんテレビでしか見られない人たちをまぢかに見て、興奮《こうふん》したことを思いだす。あつまった人たちはみんな笑顔《えがお》で、口ぐちに、

「元気をもらった。」

とか、

「勇気《ゆうき》がわいた。」

とよろこんでいた。

〝ドリーム・サーカス〟も、応援《おうえん》ライブをひらいてくれた一団《いちだん》だ。もっとも輸送《ゆそう》の関係《かんけい》で、やってきたのは、ブラスバンドと、マジシャンと犬が一ぴきだけだった。サーカスにはつきものの、綱《つな》わたりや空中《くうちゅう》ブランコはなかったが、光希にとっては、どんなイベントよりも心にのこっている。

マジシャンがすごかったのだ。

タキシードを着たミスター・ベルという男の人は、白いかわいらしい犬を、一本の細

いタクトであやつった。ほんとうに思いのままだった。

ミスター・ベルがステップを踏《ふ》んでタクトをふると、犬も同じようにステップを踏む。ひとりと一ぴきが、音楽にあわせていかにも楽しそうに踊《おど》るので、見ていた人たちの中には、思わず立ちあがって踊りだした人もいた。光希《こうき》もむずむずと足をうごかさずにはいられなかった。

すっかり楽しい気分になったところで、びっくりするようなことがおこった。

ダンスをやめたミスター・ベルは、いっとき神経《しんけい》を集中《しゅうちゅう》させるように目をとじたのち、タクトを大きくふった。と、犬はそれにあわせるようにバック転《てん》をした。

あっ！

という間《ま》もなかった。そのとたん、犬がこつぜんと消えてしまったのだ。

どこに行ってしまったんだ？

とっさに光希は走った。ショーをやっていたステージの裏《うら》には大きなテントがある。もしかしたらそこに逃《に》げこんだのかもしれないと思い、たしかめにいったのだった。

けれども。

白い犬はいなかった。そのかわり、男の子がひとりいた。自分と同じくらいの年ごろの男の子だった。

「どうしたのだ？」

走ってきた光希《こうき》を見て、男の子は不思議《ふしぎ》そうな顔をした。

「犬は？」

「犬？」

「うん、今、消えたよね。どこに行ったの？」

たずねた光希に男の子はツンと鼻をそびやかしてみせた。

「ははん、裏《うら》にかくれたと思ったのであるな。」

「う、うん。」

おずおずとうなずいた光希に、男の子はにこっと笑《わら》いかけた。

「かくれてなんかないのだ。ほんとうに消えたのである。」

そうして自慢《じまん》そうに胸《むね》をはってこういった。

「おれの父さんは本物の魔法使《まほうつか》いなのである。」

〝ドリーム・サーカス〟のマジシャンのことを知ったのはずっと後になってからだ。テレビの特番《とくばん》で、犬を消すマジックをやっていたのをたまたま見たのだが、それは光希《こうき》が見たものとまったく同じだった。やっぱり、画面《がめん》からあとかたもなく犬が消えていた。ありえないことだけれども、信《しん》じないわけにはいかない。あのときも犬は、自分の目の前で、ぱっと消えてしまったのだから。

お父さんと同じように。生まれ育った街《まち》と同じように。

通学路《つうがくろ》のあちこちに、まだ工事中のポールが立っている。更地《さらち》になっている場所も多い。今、光希が住む千葉《ちば》の海沿《うみぞ》いも、震災《しんさい》のときには大きな被害《ひがい》が出たらしい。家もずいぶんこわれたそうだ。

光希がお母さんと引《ひ》っ越《こ》してきたときには、ともかく街はおちついていて、建物《たてもの》の修復《しゅうふく》もすすんでいたが、道路《どうろ》はまだへこんだり、ひびわれたりしていた。

「通りのひとつむこうは、埋立地《うめたてち》だからねえ。」

おばあちゃんは気《き》の毒《どく》そうな顔でいっていた。同じ住所でも道をひとつへだてただけで、被害《ひがい》はまったくちがったらしい。新しく建《た》ったおしゃれな一戸《いっこ》建《だ》てやマンションがこわれてしまったのに、祖父母《そふぼ》の住んでいた古い家は、瓦《かわら》がすこしずれただけだったというのは、不思議《ふしぎ》だったが、新しいところは昔《むかし》海だったからだと教わった。大きな衝撃《しょうげき》のせいで、土の中の海が目をさまし、もとの姿《すがた》にもどろうとしたのだろうか。

「ただいま。」

古い引き戸《ひど》の玄関《げんかん》をあけて光希《こうき》が家に帰ると、

「おかえり。」

奥《おく》から祖父《そふ》の声がした。祖父は縁側《えんがわ》にいるようだ。家にいるときは、たいていそこでひとりで碁《ご》をうっている。

光希は二階の自分の部屋《へや》にランドセルをおいてから、階段《かいだん》をおり、廊下《ろうか》のつきあたりのドアをあけた。そこはダイニングと和室《わしつ》がひとつづきになっている。祖父は和室の縁《えん》側《がわ》で、やっぱり碁をうっていた。

「お母さんは病院《びょういん》?」

「ああ、きょうはおばあちゃんと病院《びょういん》ざんまいだ。おばあちゃんは歯医者《はいしゃ》と整骨院《せいこついん》、お母さんの薬《くすり》、帰りに買い物してくるっていってたよ。」

「お母さんも病院に行ったんだ。」

ひとりごとみたいにたしかめた声が、低《ひく》く出た。

お母さんの調子《ちょうし》は、このごろよさそうだったので、なんとなくがっかりしてしまったのだ。

「ああいうのは治《なお》りかけがたいせつなんだ。きちんと治しておかないと。」

パチン。

石をおきながら、おじいちゃんはいった。

時計をたしかめると、四時をすこしすぎたところだ。もうすぐ帰ってくるかな、と思ったところに玄関《げんかん》があく音がした。

「ただいま。」

「あら、光希《こうき》、帰ってきてたの？」

お母さんの声は意外《いがい》に明るくて、光希はとびだすように廊下《ろうか》に出て、玄関まで行くと、荷物《にもつ》を持つのをてつだった。

「きょうは祭《まつ》り寿司《ずし》買ってきたわよ。光希《こうき》、好《す》きでしょ？」

わたされた紙袋《かみぶくろ》は、ずっしりと重かった。

「そうよね。ここに越《こ》してきたときにまるごと食べちゃったんでびっくりしたわ。」

おばあちゃんは、祭り寿司を買ってくるたびにいつも同じことをいう。

二年前、お母さんとここに引《ひ》っ越《こ》してきた日、おばあちゃんが千葉《ちば》の名物《めいぶつ》を準備《じゅんび》してくれていた。断面《だんめん》が花のもようになっている、きれいな太い巻《ま》き寿司《ずし》だ。それを光希は一本ぶんも食べた。おいしかったからなのはたしかだけれど、光希の食べっぷりを、祖《そ》父母《ふぼ》がよろこんでくれたからのほうが大きい。つらい体験《たいけん》をしてきた、娘《むすめ》と孫《まご》を気づかう祖父母の気持ちがわかったからだ。ずいぶん前から、食欲《しょくよく》がなくなっていたお母さんのかわりにも、自分が食べなければ、と思ったこともある。

お母さんは、引《ひ》っ越《こ》してくる二か月ほど前に、病院《びょういん》で「自律神経失調症《じりつしんけいしっちょうしょう》」という診断《しんだん》をうけていた。

震災後《しんさいご》は、父方の祖父母といっしょに稼業《かぎょう》の缶詰工場《かんづめこうじょう》の再建《さいけん》のためにがんばっていたお母さんが寝《ね》こんでしまったのは、お父さんの三回忌《さんかいき》がおわったころのことだ。寝こんだ、というよりも、おきられなくなってしまった。

「つかれがたまっちゃったみたいね。」

お母さんは、最初《さいしょ》はそういっていたけれど、なかなかよくならなかった。それどころか、どんどんひどくなった。いつもぼんやりして、顔の一部の神経《しんけい》がぷっつり切れてしまったみたいに表情《ひょうじょう》がなくなった。

それで、心配《しんぱい》した父方《ちちかた》の祖父母《そふぼ》が、お母さんに実家《じっか》に帰ることをすすめたのだ。

「千葉《ちば》でゆっくり休んだほうがいいんじゃないの？」

光希《こうき》は、学校の友達《ともだち》とわかれるのはさびしかったけれど、そんなにショックではなかった。すでに慣《な》れていたのかもしれない。震災《しんさい》からそれまでに、たくさんの友達が引《ひ》っ越《こ》していってしまったのだ。つい一週間前にも、仲《なか》のよかった友達が高台《たかだい》に新しい家を建《た》てて、引っ越していったばかりだった。なにより祖父母がそういったのをきいたお母さんが、すこしほっとしたような顔になったのが、光希にはうれしかった。

夕食がそろい、みんなでテーブルをかこんだ。母方《ははかた》の祖父母、母、光希。今年《ことし》、祖父が七十歳《さい》で仕事をやめてから、みんなで食事をする機会《きかい》が増《ふ》えた。

「いただきまーす。」

光希《こうき》はひときわ大きな声をあげて、太巻《ふとま》きをはしでつまみあげた。がぶっとかみつくと、酢飯《すめし》のあまずっぱさが口いっぱいにひろがった。

「うまっ。」

きょうの祭《まつ》り寿司《ずし》は特別《とくべつ》おいしく感じた。さっきお母さんが、

「お薬《くすり》は今回まででいいんだって。」

といったからだ。


つぎの日、光希は学校で安田《やすだ》先生からよばれた。要件《ようけん》は、江戸川清掃《えどがわせいそう》のことだった。江戸川の下流《かりゅう》沿《ぞ》いにある光希の小学校では、年に一度地域《ちいき》の人たちと合同で清掃活動《せいそうかつどう》をおこなう。それが、つぎの土曜日に予定されていた。

「で、鈴木《すずき》ははじめてだから、帰りにでも場所を教えてやってもらえないか。」

清掃活動は現地《げんち》集合《しゅうごう》現地《げんち》解散《かいさん》だ。場所を知らないとこまるだろうと、先生はいってい

るらしかった。

「え、あ、はい……。」

光希《こうき》は、すこし鈍《にぶ》い返事《へんじ》をかえした。ほんとうはあまり気がすすまなかったが、先生はまるで気にしていなかった。そもそもなにかさがしものでもしているらしく、手は机《つくえ》の上につまれたプリントをさぐっていて、光希の顔を見ていない。

「ほら、きょうは中山《なかやま》が休みだろ？　だからかわりにつれていってもらえないかな。」

ほんとうは清掃係《せいそうがかり》の優介《ゆうすけ》にたのむところだったみたいだが、休みなのではしかたがない。

「……わかりました。」

光希は小さくうなずいた。

放課後《ほうかご》、光希はハルとつれだって、裏門《うらもん》を出た。学校のむこうはもう江戸川《えどがわ》だ。短い坂《さか》をのぼると、歩道とサイクリングロードがつづいている。そこから短い草がはえた土《ど》手《て》が川岸《かわぎし》までつづいている。

「でっかい川だな。」

ハルは土手《どて》からの景色《けしき》を、清々《せいせい》したように見わたした。

このあたりの江戸川《えどがわ》は、もうすぐ東京湾《とうきょうわん》にそそぎこむというところで、川幅《かわはば》が広い。春にはハゼをつる船も出て、夏の河川敷《かせんしき》にはバーベキューを楽しむ人であふれかえる。また花火大会もあって、にぎわいは絶《た》えない。当然《とうぜん》、ごみも多く出る。

歩道をしばらく歩いてすこしくだったところに、釣《つ》り船《ぶね》の停泊所《ていはくじょ》があり、光希《こうき》は立ちどまった。河川敷をゆびさした。

「土曜日はあのプレハブの前に集合だよ。」

停泊所にはプレハブの建物《たてもの》が建《た》っているが、人気《ひとけ》はなかった。毎年バーベキューのシーズンの前に、清掃《せいそう》をすることになっている。

「わかった。」

「じゃあ、帰ろうか。」

ハルが了解《りょうかい》したようだったので、光希はきびすをかえそうとしたが、ハルは河原《かわら》をかけおりていってしまった。そして、そのままずんずん川に近づいていく。

「危《あぶ》ないぞ。」

光希《こうき》の声にかまうことなく、水辺《みずべ》まで近づき川をのぞきこんだ。そして、

「お、メダカがいる。」

いいながら、ジーンズのすそをまくりだした。川に入るつもりらしい。

「急に満《み》ちることがあるからやめとけよ。」

光希はついさけんだ。下流《かりゅう》の川では、満《み》ち潮《しお》のときには水が逆流《ぎゃくりゅう》してきていっきに増《ふ》えるのだ。思わず大きな声になったのだけど、ハルは平気《へいき》な声をかえしてきた。

「だいじょうぶだ。」

いうが早いか、ほんとうにくつをぬいで川に入ってしまった。

どくん。

光希の心臓《しんぞう》が大きくひとつうったのは、そのときだった。自分にもしっかりときこえるような音で、それが光希自身を動揺《どうよう》させた。

ごくり。

と、つばを飲みこむが、飲みこめなかった。口の中がからからに乾《かわ》いていたのだ。思えば先生にたのまれたときから、いやな予感《よかん》がしていた。

光希《こうき》が川が怖《こわ》くなったのは、この一年くらいのことだ。引《ひ》っ越《こ》してきたばかりのころは、川なんてなんでもなかった。祖父母《そふぼ》にハゼ釣《つ》り船《ぶね》に乗せてもらったこともある。船の上では釣ったばかりのハゼの天ぷらを食べた。すこしどろくさかったけれど、カラッと揚《あ》がっていた。

不思議《ふしぎ》なことだと自分でも思う。川が怖いのは津波《つなみ》の恐怖《きょうふ》だったとしたら、二年前のほうが生々《なまなま》しくのこっているはずなのに、最近になって怖くなっているのだ。

一年前、きっかけになったことはたしかにあった。とてもささやかなことだ。五年生の理科の時間に、川にメダカを捕《と》りにきた。たくさんすくって、さあ帰ろうとしたときに、さざ波《なみ》が立ったのだ。ちょうど満《み》ち潮《しお》の時間になったのだろう。海のほうから、ざざっと水が逆流《ぎゃくりゅう》してきた。浜辺《はまべ》の波よりも、ずっと弱い波だったが、それを見たとき、光希の足はすくんでしまったのだった。記憶《きおく》のすみがすこしうずいて、頭もぼんやりしてしまった。

「佐藤《さとう》くん、帰るぞ。」

安田《やすだ》先生からよばれてわれにかえったが、それ以来《いらい》、江戸川《えどがわ》には足がのびなくなってしまっている。だから、今回の清掃活動《せいそうかつどう》の話がはじまってからも、すこし不安《ふあん》に思っていた。

「おっ、そらっ。」

川の中でハルは、メダカを追いかけているようだった。ずんずん川に入っていた。

「や、やめ。」

光希《こうき》は声をしぼりだした。指の先まで力がはりつめていた。声が出にくかったのはそのせいだ。

くるぶしまで水につかっていたハルの足が、すねまで見えなくなった。そのうちハルの姿《すがた》が全体的《ぜんたいてき》にかすんできて、光希はなんとか息をすいこんだ。その息をやっとのことで言葉にかえる。

「やめろー。」

大きな声が出た。

と、川の中のハルは立ちどまって光希を見やった。

「どうしたのだ?」

きょとんとしたような表情《ひょうじょう》だ。

「やめてくれ。」

光希《こうき》は、そこにすわりこんだ。もう立っていられなかったのだ。心臓《しんぞう》はおかしな鼓動《こどう》をきざみ、体の芯《しん》からふるえがまわって、全身ががくがくしていた。

さすがにハルは川をあがってきた。くつもはかずに土手《どて》をかけあがってきて、しゃがみこむ光希の前に立った。

「どこか具合《ぐあい》がわるいのか？」

たずねられて顔をあげた光希に、ハルは一瞬《いっしゅん》、目を見ひらいた。

「青いのである。」

顔色《かおいろ》がわるかったのだろう。

「あのさ。」

光希はハルを見あげたままいった。足の力がぬけていて、とても立ちあがれない。

「なんだ？」

「ハルの父さんって、魔法使《まほうつか》いだったよな。」

たずねた言葉は、案外《あんがい》しっかりと出た。

「そうである。」

ハルもしっかりと返事《へんじ》をかえす。

「あのとき犬を消したよな。」

「ああ、消したのだ。」

きっぱりとした声をたよりにして、光希《こうき》は立ちあがった。そしていった。

「こんどは出してほしいんだ。」

「は？」

いぶかしげに顔をしかめるハルに、光希は一歩踏《ふ》みよった。

「消せるんだから出せるだろう。」

「犬をであるか？」

ハルはいぶかしげな顔をしたが、光希は首をふった。

「犬じゃない。」

そしてじっとハルを見た。

「お父さんだ。おれのお父さんを出してほしい。」

自分でもおかしなことをいっているのはわかっていた。ハルのお父さんが、ただのマジシャンだということも、ちゃんとわかっている。

「魔法使《まほうつか》いならできるだろう？」

それでも光希《こうき》は声をふるわせた。そんなことできやしない。もどかしさとくやしさを、ハルにぶつけているだけだということも、わかっている。

それでも出してほしかった。あの日、一瞬《いっしゅん》のうちに消えてしまった、お父さんを。あの街《まち》を。できるものなら、自分にかえしてほしかった。

「魔法使いの子どもなら、できるはずだろう？」

ぶちまけるようにさけぶ光希を、ハルは怒《おこ》らなかった。笑《わら》いもしなかった。

ただ、だまって見つめていた。やがて、ぽつんといった。

「やってみるのである。」

「えっ。」

へなへなとすわりこんだ光希に、ハルはくちびるをひきしめてうなずいた。そして、足をすこしひらいた。はだしの足で、土手《どて》の土をふみしめる。そして、準備《じゅんび》をするように目をつむり、短く息をすいこんで、ふーっとはいた。

光希《こうき》はしっかりと目をあけて、ハルを見た。体じゅうの神経《しんけい》をぜんぶあつめて、ハルを見つめた。

ハルはポケットから白いハンカチをとりだした。それを突《つ》きだした右手の上にのせると、こんどは左手でどこからか鉛筆《えんぴつ》をとりだした。その鉛筆を光希の顔の前に立てた。

光希は目をこらして、鉛筆の先を見た。というよりも、もうそこから目をはなせなかった。まわりの景色《けしき》も、あんなにはっきり見えていたハルの顔さえ見えなくなった。

鉛筆がゆっくりと持ちあげられた。と、

タタタターン。

指揮者《しきしゃ》のタクトみたいに、リズミカルにうごいた。

と、光希の目の前は真っ白になった。ほんとうは白いハンカチがせまってきただけなのかもしれないが、ともかく視界《しかい》が白一色だ。

やがて、

「はっ。」

気合《きあ》いを入れるような短いかけ声とともに、世界《せかい》がぱっと赤くなった。

「ああっ！」

ハルの手のひらをたしかめて、光希《こうき》は思わず立ちあがった。

そこには赤いリンゴがあったのだ。あの日、流されていった、赤いリンゴ。

そのとたん、光希の体の中心から、熱《あつ》いものがこみあげた。今までせきとめられていたものが、いっきにおしよせてくるような衝撃《しょうげき》だった。

光希は両足を踏《ふ》んばった。衝撃は強くて、とても立っていられないくらいだ。

つぎにおこったことは、自分でも信《しん》じられない。

すっと海のにおいをかいだような気がしたとたん、目の前に、あの景色《けしき》がひろがったのだ。はるかにつづく平野《へいや》と広い川。平野には畑がひろがり、ビニールハウスがいくつもたっている、流れのゆるい川には、ザリガニがもぞもぞうごいている。そして、そのむこうは一面《いちめん》の海。光希がよく知っている太平洋《たいへいよう》だ。ときに白波《しらなみ》をたて、ときにはうねりをあげるけれど、それらをうけとめていっしょにある、ただただ大きな海原《うなばら》と、一直線の水平線《すいへいせん》。

光希《こうき》はそのすみずみまで、見のがすものかと目をこらす。と、すっと目の前に人があらわれた。ハルじゃなかった。

うそだろ？

思いだしているだけだ。

一瞬《いっしゅん》目を見ひらいてから、首をふった。光希は頭のかろうじて冷《ひ》えた部分で考えようとした。が、それさえもこみあげた熱《あつ》いものにかき消されてしまった。

お父さん。

だって、自分の前にいるのは、まぎれもないお父さんなのだ。がっちりとした体に、作業服《さぎょうふく》を着こんで、いつもみたいに笑《わら》っている浅黒《あさぐろ》い顔。忘《わす》れないように、なんどもなんども写真でたしかめていた姿《すがた》が、今、光希の前に立っていた。

お父さん。

ふれようと手をのばしたとき、冷たい風がすっとほおをなでた。川のにおいがした。

「はっ。」

ハルの声が遠くできこえて、われにかえると、リンゴはきれいに消えていた。

「だいじょうぶであるか？」

ハルのからっぽの手が、目の前でふられていた。

「なんか、ぼけっとしてるのだが。」

「いや、なんでもない。」

光希《こうき》のほうはぎこちなく首をふる。今、自分に見えたもののことなど、話したところで信《しん》じてもらえないだろう。

「なんか、ごめんである。」

ハルはハルで、なぜかあやまった。「おれにはまだこんなことしかできない」というように、肩《かた》をすくめた。


二か月半の〝ドリーム・サーカス〟の公演《こうえん》は、大盛況《だいせいきょう》のうちにおわった。もちろん光希もお母さんといっしょに行った。被災地《ひさいち》にきてくれたときとはちがい、たくさんの出《しゅつ》演者《えんしゃ》や動物が登場した。

照明《しょうめい》でつくられたまたたく星の中を、流れ星のようにレーザー光線《こうせん》がはしり、オーロラのような光のカーテンがゆれるさまに、

「きれいねえ。」

お母さんはうっとりと目をほそめ、光希《こうき》は目をかがやかせた。

力強いブラスバンドの演奏《えんそう》にあわせて、かろやかに踊《おど》るダンサーやピエロ……。つぎつぎに登場する人たちは、まぶしいほどに色あざやかだ。

光希はまるで、異次元《いじげん》にほうりこまれたみたいだった。仙台《せんだい》の簡易《かんい》ステージで見たショーも忘《わす》れないが、やはりきょうのステージは本格的《ほんかくてき》だ。

やがてミスター・ベルが登場した。

「マジックを超《こ》えた魔法《まほう》をあなたに。」

ああ、やっぱりあのときの人だ。

胸《むね》が、温かいようななつかしさでいっぱいになり、となりを見ると、お母さんははじけるような笑顔《えがお》をうかべていた。

シルクハットにタキシード姿《すがた》のミスター・ベルは、白いプードルといっしょだった。あのときの犬だろうか。きょうはピンクのリボンをつけている。後《うし》ろ足《あし》で、とことこベルの後をついてきた。大きな拍手《はくしゅ》がわきおこる。

ざわめきのなか、ほんの小さな音楽がきこえてきて、光希《こうき》はそれに耳をすませる。ききおぼえのある曲だった。

「子犬のワルツね。」

となりで母さんも楽しそうだ。

「ミスター・ベルと、相棒《あいぼう》のリズです。」

アナウンスがされた。

ミスター・ベルは、ステージ中央までくると、シルクハットをぬいで、しなやかにおじぎをした。すらりと背《せ》が高く、まるでモデルさんか俳優《はいゆう》みたいなのもあの日のままだ。

「〝マジックを超《こ》えた魔法《まほう》をあなたに〟。」

ミスター・ベルのしずかな声がひびいて、会場は、わあっとわきかえった。

バックの音楽は軽快《けいかい》なものに変《か》わっていて、ミスター・ベルは、リズムにあわせて踊《おど》り最後《さいご》にタップダンスをふんだ。

タタタン、タン。

そして、持っていたタクトをプードルのリズにむけて「えいっ」とふった。すると、
トトトン、トン。

リズはミスター・ベルと同じように足を鳴らした。二本足が見事《みごと》にリズムを奏《かな》でる。

つぎにミスター・ベルがすこしむずかしいリズムをとった。

タッタタ、タタタ、タタタンタン。

そして、「えいっ」と、タクトをふった。

トットト、トトト、トトトントン。

リズは足を鳴らして、かるい足どりでむずかしいリズムを再現《さいげん》した。

「すごいっ。」

光希《こうき》は身をのりだした。

それからリズは、一輪車《いちりんしゃ》に乗ったり、綱《つな》わたりみたいに、鉄棒《てつぼう》の上を歩いたりしたけれど、すべてミスター・ベルの思うがままだった。「えいっ」「えいっ」とタクトがふら

れるたび、リズはかろやかに技《わざ》を披露《ひろう》しては、ダンスを踊《おど》った。

すっかり夢《ゆめ》のような雰囲気《ふんいき》につつまれた会場だったが、だんだん音楽が小さくなった。

反対《はんたい》に、光希《こうき》の胸《むね》は高鳴《たかな》った。

はじまる。

これからはじまる不思議《ふしぎ》を、決《けっ》して見のがさないように、光希は全身に力を入れた。

会場もしんとしずかになった。

やがて、音楽が完全《かんぜん》にとまった。

ミスター・ベルは、会場のすみずみまでを、うながすように見まわした。そうして、充分《じゅうぶん》に間《ま》をとったあと、

「えいっ。」

リズにむかって、ひときわ大きくタクトをふった。

そのとたん。

「え？」

リズがくるっとバック転《てん》をした。と、

消えた。

光希《こうき》はお母さんを見た。お母さんの目もまるくなっている。ふたりはだまって見つめあった。お母さんの目はあのときよりも、ずっとかがやいているように見えた。

うれしさがこみあげて、光希はもう一度ステージを見たが、やっぱりリズの姿《すがた》はどこにもなかった。ステージにのこったのは、ミスター・ベルだけだ。

「………。」

会場は一瞬《いっしゅん》しずまりかえったあと、大歓声《だいかんせい》がおこった。光希も立ちあがって、大きな拍手《はくしゅ》をおくった。お母さんも、手をたたいていた。

ミスター・ベルは、犬を消した。見事《みごと》に消えた。いつまでも拍手はやむことはなかった。

光希もお母さんと、手がしびれるほどの大喝采《だいかっさい》をおくった。


〝ドリーム・サーカス〟が引《ひ》っ越《こ》す日、光希は学校をずる休みした。前の日はクラスのみんなでおわかれ会をしたけれど、もう一度ハルの顔が見たかったのだ。

光希が自転車をとばして、テントがあった埋立地《うめたてち》のあき地《ち》にいくと、大きなトラックが何台《なんだい》も出発していて、ハルはちょうど、最後《さいご》の一台に乗りこむところだった。

「ハルーっ。」

光希《こうき》は片手《かたて》を大きくふった。声に気がついたハルは、トラックにかけた足をもどした。

「おおっ、光希。」

大きく手をふりかえす。

「学校はどうしたのだ？」

「休んだ。」

たずねられて、かけよりながら答えると、ハルはちょっと目をおよがせた。まじめそうな自分がずる休みをしたのに、びっくりしたのだろうか。それともさみしいと思ってくれたのだろうか。自分みたいに。

だから光希は、思いっきりの笑顔《えがお》をつくった。

「どうしても見おくりたくって。」

気持ちをシンプルにつたえると、

「ああ、ありがとうである。」

ハルはやっと笑顔《えがお》になった。

「こんどはどこに行くんだ?」

たずねた光希《こうき》に、ハルははずむように答える。

「どこかのあき地《ち》である。」

そしてトラックに乗りこんだ。クラクションをひとつのこして、トラックは走りだす。

光希はその場で、いつまでも手をふった。

つぎのあき地《ち》へ

よかったのである。

トラックのシートに、ハルはずっぽりと体をしずめて、光希《こうき》の笑顔《えがお》を思いかえしていた。

元気になったらしいのである。

ずっと気になっていたのだ。江戸川《えどがわ》でリンゴを消すマジックを見せた日、光希のようすが変《へん》だったのが。あのとき光希は、ぼけっとして、帰りもずっとなにかを考えこんでいるように、だまりこんでいた。

川へ下見《したみ》に行った日、ハルは、光希の父親が、津波《つなみ》で行方不明《ゆくえふめい》になったことを知った。

「消せるんなら出せるだろ?」

うったえた光希は、今にも泣《な》きだしそうだった。だからなんとかしたいと思った。消えてしまったお父さんを出すことなんかできないけれど、光希には笑顔になってほしかった。

それなのに、手品《てじな》を失敗《しっぱい》してしまったのだ。

魔法使《まほうつか》いの息子《むすこ》なのに、おれとしたことが。

自己嫌悪《じこけんお》におちいって、夜も眠《ねむ》れなかった。だからさっき、見おくりに来てくれた光《こう》希《き》の顔をまともに見られなかった。

ハルは魔法使いの息子として、日夜《にちや》魔法の練習にはげんでいる。

あの日、うまくリンゴは出せたものの、もう一度消すところで手間《てま》取《ど》った。バラや折《お》り紙《がみ》くらいなら、難《なん》なく消せるようになっていたが、かさがあるリンゴは、まだむずかしかった。あやうくとりおとしそうになりながら、ジーンズのうしろ側《がわ》につけていた袋《ふくろ》に入れたのが、まるわかりだった。

あせったが、光希のほうは、ぎこちないハルの手もとなどぜんぜん見ていないようだった。それどころか、どこか遠くを見ていた。

なにを見ていたのであろうか。

考えこんでいたハルに、

「なにかあったのかい？」

運転席《うんてんせき》の父さんがたずねた。口には出していないのにと思ったが、しかたがない。父さんは、魔法使《まほうつか》いなのだ。

「うん、ちょっと気になることがあるのだ。千葉《ちば》の友達《ともだち》のことなのだが。」

マジックを失敗《しっぱい》したことはいいたくなかったけれど、ハルは話すことにする。

「おれの失敗を見ていたはずなのに、そいつは無反応《むはんのう》だったのだ。ぼけっとしていたから、よっぽどあきれたのだと思ったのであるが。」

あのときの光希《こうき》の顔を思いだしながら、いったハルに、父さんはしずかな声をかえした。

「その子はきっと、ちがうものを見ていたんだろうな。」

「ちがうものであるか？」

「ああ。見たいものといっていいかもしれない。」

「見たいもの。」

ハルは自問自答《じもんじとう》するように、父さんの言葉のひとつひとつをくりかえした。

「人間っていうのは、結局《けっきょく》自分の見たいものを見るし、ききたいことをきいてしまうものなんだよ。」

トラックの大きなハンドルをにぎった父さんは、前を見つめたままいう。

「マジシャンのわれわれは、不思議《ふしぎ》を見せているようだけど、じつは見たがる人が勝手《かって》に見ている部分も大きいんだ。不思議は見ている人の中にあるんだよ。」

父さんの言葉に、ハルは首をひねった。

「でも父さんは、本物の魔法使《まほうつか》いであるよな。」

ハルがいうと、父さんはしずかに首を横にふった。

「魔法をもっているのは、みんなもおなじだ。人間は、自分が考えているよりも、もっと大きな力をもっているものさ。ねがえばそのように、意識《いしき》がうごく。わたしは、みんなのねがいが出てくるのをすこしてつだっているだけだ。」

「……？」

父さんの話は、よくわからなかったけれど、ハルは思いかえしてみる。

鹿児島《かごしま》の美央《みお》。福岡《ふくおか》の真衣《まい》とララ、山口《やまぐち》の秀《しゅう》、大阪《おおさか》の一樹《かずき》の顔。みんな、自分にねがいがあって、それをかなえたかっただけだったのだろうか。

そして、光希《こうき》は……。

あのとき光希《こうき》は、なにを見ていたのだろう？　ぼんやりした顔だったけれど、不思議《ふしぎ》にうれしそうでもあった。

「うーん。」

頭の中が「？」でいっぱいになって、ハルは話題《わだい》を変《か》えることにした。

「つぎのあき地《ち》はどこであるか。」

そうたずねると、

「そうそう。」

思いだしたみたいに、父さんは片手《かたて》でポケットをさぐった。

「新しい小学校でのあいさつの品《しな》だよ。」

さしだされたものを、ハルは右手でうけとった。手のひらにのったものは、ハルの目には見えない。というより、だれの目にも見えない。

信号《しんごう》が赤になって車がとまった。父さんが、ハルの手のひらの上に左手をかざす。そして、ひらひらっと指先をうごかした。指先からこまかなものが舞《ま》いちる。

つぎの瞬間《しゅんかん》、ハルの手のひらがずんと重たくなった。いつもみたいに、青いクモの巣《す》のテープがあらわれたのだ。

「ありがとうである。」

お礼《れい》をいうと、父さんは横顔《よこがお》だけでにやっと笑《わら》い、ふたたびアクセルをふんだ。

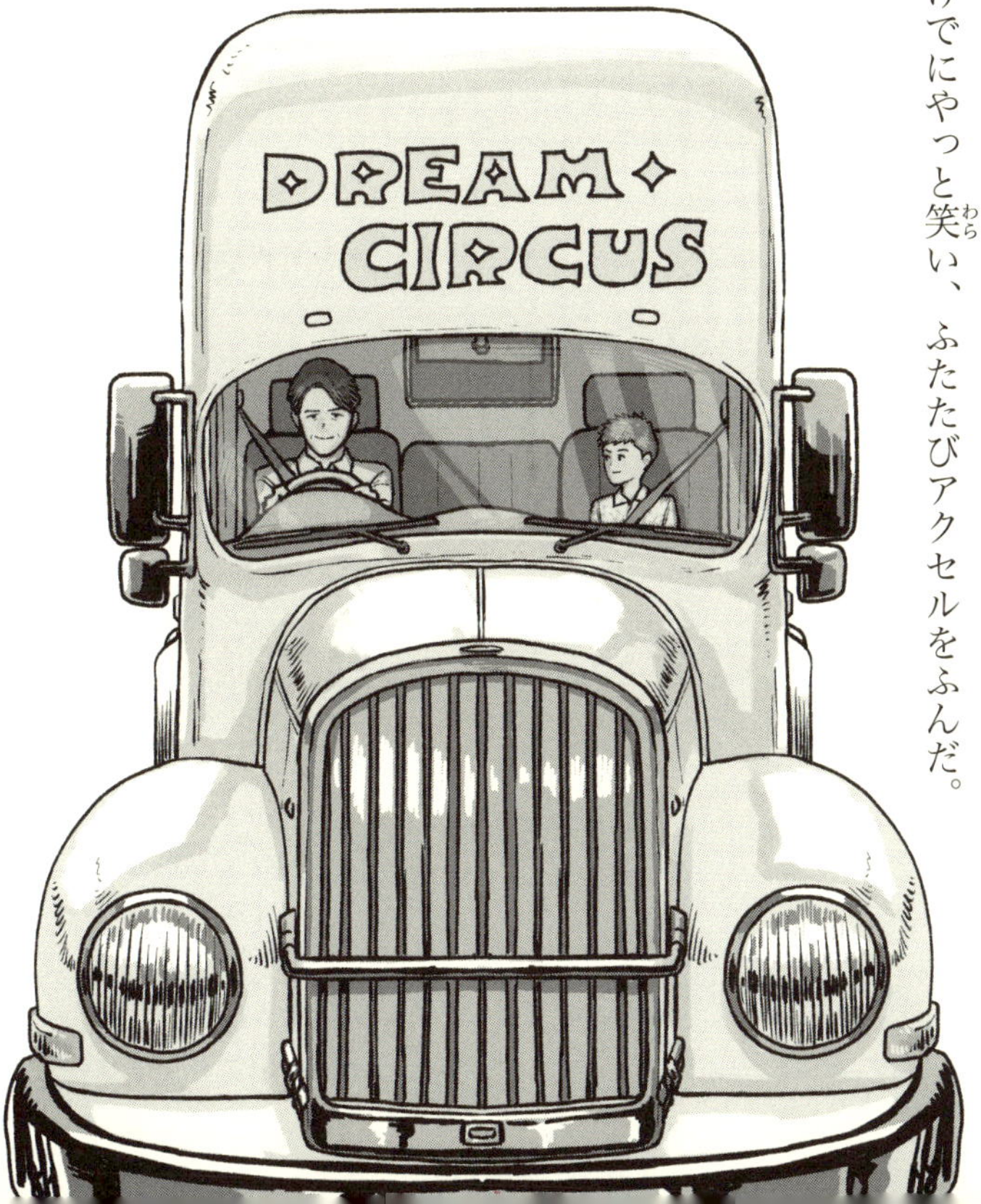

作　まはら三桃
（まはらみと）

福岡県生まれ。『カラフルな闇』で講談社児童文学新人賞佳作、『鉄のしぶきがはねる』で坪田譲治文学賞、JBBY 賞を受賞。著書に『たまごを持つように』『伝説のエンドーくん』『なみだの穴』『わからん薬学事始』『奮闘するたすく』など。

絵　田中寛崇
（たなかひろたか）

新潟県生まれ。多摩美術大学情報デザイン学科情報芸術卒業。フリーランスのイラストレーターとして書籍装幀、CD アルバムアートワーク・アプリケーションなど様々な分野で活動。装画を手掛けた作品に『体育館の殺人』『車夫』『フェラルズ』など。

偕成社
ノベルフリーク

青《ハル》がやってきた

2017年10月　初版第1刷

作者＝まはら三桃
画家＝田中寛崇

発行者＝今村正樹
発行所＝株式会社 偕成社
http://www.kaiseisha.co.jp/
〒162-8450 東京都新宿区市谷砂土原町 3-5
TEL 03(3260)3221（販売） 03(3260)3229（編集）
印刷所＝中央精版印刷株式会社
小宮山印刷株式会社
製本所＝株式会社常川製本
NDC913 偕成社 214P. 19cm ISBN978-4-03-649050-9

本のご注文は電話、ファックス、またはEメールでお受けしています。
Tel: 03-3260-3221 Fax: 03-3260-3222 e-mail: sales @ kaiseisha.co.jp
乱丁本・落丁本はお取りかえいたします。